Pozorište od hartije
MILORAD PAVIC

纸 剧 院

[塞尔维亚] 米洛拉德·帕维奇 著　　管舒宁　陈寂 译

上海译文出版社

作家的话

女读者手里拿着什么书？吸引她的并不是它是什么，而是它是谁写的。她只是看到最爱的作家出了新书，就买了下来，并不关心这是长篇小说或者是其他什么。现在她正在读这本书。其他的女读者们，她们最喜欢的作家并非这位，手里捧着的则是其他的什么书。在我看来，两者都不错……

男读者手里拿着什么书？对他来说重要的不是谁写的，而是书里的内容，这是长篇小说还是选集。当他看到这部小说选集时，会有些困惑，却欣欣然上钩，因为它是一本选集。

作家仍在思考：一部长篇小说，需要两个要素——共同的主题和作家的个性，在二十一世纪，这对长篇小说来说已然足够。在这种情况下，当代世界故事成为共同的主题；作家的个性，请阅读以下内容。

在这部长篇小说——也是当代世界故事集——也就是小说选中，读者会发现三十八部短篇小说，以及每部文本的作者的包含著作目录的传记，因此也就是有三十八位作家，分别代表某一种文学。所有这些作家及信息都是虚构出来的，所有的三十八部短篇小说也都由米洛拉德·帕维奇创作。

这个数字并非偶然。这些想象出来的"代表"作家来自翻译了我的作品的、现实中的国家。这不仅仅是出于我对这些国家读者的感激之情（我的确如此），还因为我使自己更努力地了解这些文学，超过了解其他国家的。这一点对瑞士来说也适用，虽然它还没有翻译我的作品，但那里的读者可以读到法语、意大利语、德语的版本。直至今日，我的一位文学代理人还在苏黎世。

那些被我透露了这部小说选集的秘密的朋友经常问，在写作时我是否努力地模仿了这些国家真实存在的女性或男性作家的风格。事实恰恰相反。当我构思这三十八部短篇小说时，我试图给这些短篇小说假设所属的文学增添一些它们实际上并不具备，但我却期望其能获得的色调。从某种意义上说，这些短篇小说，是我为这些文学献上的配菜——如果你愿意，可以像菜单上搭配一道鱼的配菜那样称呼它们。

我还要借此机会向诗人扎萨·利瓦达表示谢意，是他几年前给了我这个想法，以各种作家的名义撰写一系列短篇小说，我特别享受编造这部长篇小说的作家们、整个当代世界文学，以及他们未曾写过的书、未曾存在过的生平。然而，这些不存在的作家们的出版社是真实的，它们出版了我作品的翻译本。我很高兴能在这种情况下提及这些出版社，感谢它们。

米洛拉德·帕维奇

目　录

玛丽亚·阿纳·洛佩斯（西班牙）……………………… 1
　　景由心造
卡塔丽娜·姆尼舍克·莱万多夫斯卡（波兰）………… 4
　　期末考
罗格·克拉利尼克（瑞士）……………………………… 12
　　奥隆城堡
陆常（中国）……………………………………………… 18
　　艾滋病
维奥莱塔·雷佩卡（立陶宛）…………………………… 23
　　上戏院
埃德蒙多·波蒂略·克鲁斯（阿根廷）………………… 28
　　裤腿上的扣子
伊什特万·巴奇（匈牙利）……………………………… 34
　　巴拉顿湖边的五栋房子
欧热尼奥·阿尔瓦雷斯（巴西）………………………… 40
　　科尔特斯的第三个论据

扬·利普卡（斯洛伐克） ·················· 45
 双管手枪

爱德华·海于格森德（挪威） ·············· 50
 穿越峡湾之旅

伊西多罗·查克穆尔（墨西哥） ············· 58
 雨神查克穆尔之死

卡尔洛·凯科宁（芬兰） ················· 61
 文身

瓦茨拉夫·塞德拉切克（捷克共和国） ········· 70
 布拉格极简史

圣地亚哥·卡扎雷斯·希尔（西班牙） ········· 74
 一天夜里，弗朗西斯科·戈雅……

西梅翁·巴基什茨（亚美尼亚） ············· 79
 纸剧院

因加·乌尔乌（丹麦） ·················· 86
 全球变暖

智海朝（韩国） ······················ 93
 春香

范德凯巴斯（荷兰） ··················· 96
 消失之椅

叶卡捷琳娜·丘特切夫（俄罗斯） ··········· 110
 画

安杰利娜·玛丽·布朗（英国） ············· 117
 伊夫琳

阿道夫·松迪乌斯（瑞典） …………………………… 121
　　四手联弹

孔皮尤塔·维蒂（意大利） …………………………… 128
　　但丁和薄伽丘

伊普西皮尔·达斯卡拉基斯（希腊） ………………… 136
　　海雷丁·巴巴罗萨的第二次生命

马克西姆·亚历山德罗维奇·朱加什维利（格鲁吉亚） … 142
　　斯大林在神学校

杰里米·德德齐乌斯（加拿大） ……………………… 147
　　爱德华·斯蒂普尔伍德，吾爱

穆罕默德和阿里·本·伊尔季穆里（土耳其） ……… 152
　　有可能，他们，就像我们，也曾是恋人

米洛拉德·帕维奇（塞尔维亚） ……………………… 159
　　一百五十步

三宅俊郎（日本） ……………………………………… 166
　　磁带

克拉拉·阿斯凯纳齐（以色列） ……………………… 171
　　瓶中光阴

约恩·奥普列斯库（罗马尼亚） ……………………… 176
　　爱的通信

让·特雷斯图内尔及其合作伙伴（法国） …………… 181
　　来自巴黎的鸟类合唱团

阿夫拉姆·霍启科·扎洛波夫（乌克兰） …………… 188
　　黑人文书的故事

汉斯·基希格塞尔（德国） ················· 194
　穿白衣的男人
加内·索蒂罗斯基（北马其顿） ············· 202
　黄金圣像画
塞巴斯蒂安·布尔戈斯（葡萄牙） ············ 208
　银色梳子
埃丽卡·贝夫茨（斯洛文尼亚） ············· 213
　窗帘
吉姆·芬尼莫尔·斯图（美国） ············· 219
　蓝色汗水
鲍里斯·G（保加利亚） ·················· 234
　魔鬼

玛丽亚·阿纳·洛佩斯
（西班牙）

考古学家玛丽亚·阿纳·洛佩斯出生于塔拉戈纳，求学于巴塞罗那、瓜达拉哈拉和萨拉曼卡。她曾在阿尔塔米拉（巴西）、中国以及墨西哥的尤卡坦半岛从事文物考古。她涉足文坛纯属意外。因为医生建议她除去考古不妨涉猎别他，于是她开始随笔创作。她用加泰罗尼亚语写作，著有《对你我无可奉告》《化悲苦为旅行》，由巴塞罗那的加泰罗尼亚语出版社圆柱出版。她的剧本——虽然她并不认为是文学作品——曾在纽约、法国、德国、意大利和俄罗斯上演。她的剧作有《男女分类》《不用粉笔画圆》等。她与一名足球运动员有过短暂婚姻。收录于此的这则随笔只能算与文学擦边，但似乎仍不失为一则出色的记述。据说每天早饭后她都会说同一句话："天黑好睡觉！"

景由心造

在巴塞罗那高迪设计的桂尔宫①里，有一个塔状的入口大厅通向各个房间，此处给人的印象日夜迥异，白昼的概念以一种奇异的方式消弭了。日间，穹顶上的阳光变为星空满月，熠熠生辉；夜间，此景不在，星空消失源于室外夜幕降临，顶上的孔洞没有被照亮。这一过程是不可逆的：白昼可变为黑夜，而黑夜却变不了白昼，因为黑夜来自宇宙，而白昼来自世俗人间。穹顶上的一个圆形孔洞及其周围的小孔让阳光投射进来，造成一种室外是黑夜的感觉（蓝色的天顶），圆月高挂（顶上的大孔洞）、群星环绕（穹顶散布的一系列小孔）。所有这一切均来自世俗人间的太阳。高迪仿照创世记，在他的城堡里创造了一个小宇宙，与我们身处的这个大宇宙紧密交融，恰似人内心的小宇宙同外部的大宇宙相交相融。

这是艺术存活的唯一方式：与造物主的杰作、与宇宙交融，并建造于其上，通过它们来承载，如同高迪设计的小小的人造夜晚是借助真正的太阳和真正的宇宙来承载实现的。高迪的穹顶蕴含着艺术与自然交融的真谛：于世俗人间而言是白昼，于艺术而言是黑夜。黑夜借自宇宙，在世俗感官里，宇宙既无白昼也无黑夜。与此同时，假如我们如此这般观察事物，就如高迪驱使我们的，宇宙与世俗人间之差别也就显而易见了。人作为一个小宇宙，比起他身处的日夜交替的世俗人间，更接近于那个没有白昼的大天体宇宙。

在高迪的卧室里，宇宙之夜支配着永恒。而现实只要通过高迪穹顶上的那些孔洞——在我们看来仿佛月夜星空，尽管实际上就是太阳——就可渗透进宇宙。如果我们能像高迪一样具

---

① 世界文化遗产，由西班牙伟大的建筑师安东尼·高迪于1888年设计建造。——译注（如无特殊说明，本书注释皆为译注。）

有非凡洞察力的话，只需要通过将白昼假想为黑夜，现实就能渗透进宇宙，天人合一，而且，要足够地大无畏。

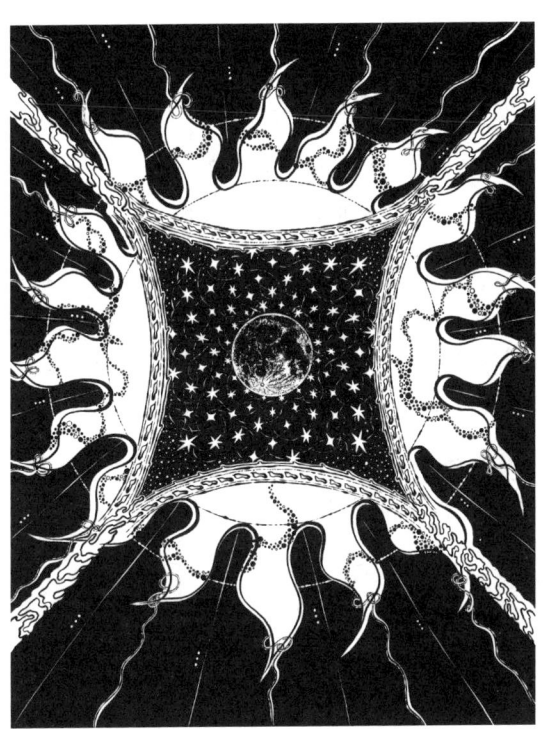

卡塔丽娜·姆尼舍克·莱万多夫斯卡

(波兰)

来自波兰一个古老的贵族家族,"伪"沙俄女皇后[①]即出自这个家族,柏林墙倒塌后,卡塔丽娜·姆尼舍克嫁给了出身于同样古老家族的叶米利安·班贝格先生。她在土伦的尼古拉·哥白尼大学学习拜占庭史。她最终供职于波兰一家纺织厂,从事服装设计。她为剧院制作戏服、绘制舞台背景。她的获奖广播剧《三短一长的罢工》在波兰遭诋毁,被认为名不副实。其他作品有广播剧《五时的雨》和《波罗的海谐谑曲》,由总部设在华沙的 TCHU 印制。波兰出版商菲利普·威尔逊出版过其文集《拜占庭来信》,如今已被遗忘。下面这则短篇即出自这本书。她于二〇〇五年去世。讹传她并不知自己来日无多,因为这是她第三次遭遇死神。

期末考

马乌戈热塔·波斯尼克面临期末考。她在克拉科夫大学学习拜占庭史。她的教授兼导师、拜占庭史领域的专家亚历山大·纳皮乌尔科夫斯基给她布置的作业是准备一篇关于一个生于十三世纪、殁于十四世纪的君士坦丁堡女性的论文。他先是指导她研究一些史料。这些都是圈内人耳熟能详、圈外人闻所未闻的史料——帕奇梅雷斯，帕纳雷特，格雷戈拉斯，卢修斯·马里纳斯·西库鲁斯，西奥多·梅托契特斯，然后是迪康热，最后是米涅出版的一部论文集。

纳皮乌尔科夫斯基还有别的指导。她的考试将分成两块。首先她要完成研究，撰写论文的第一部分。第一部分采用论文的研究对象，也就是这名女性讲故事的形式，这部分将保留学生的个人观点，作为第二部分的练习，后者是这项研究更为重要的那部分，要交给教授过目并打分。

简言之，教授总结道，第一部分是为论文的第二部分做一种准备。

但是，对于第二部分而言，第一部分或许显得不甚匀称，教授坚持如此，仿佛这对马乌戈热塔·波斯尼克的进一步研究至关重要。言之有理。因为第一部分要求学生了解学科素材。

* * *

于是马乌戈热塔·波斯尼克着手工作。熟悉了既有史料之后，她一头扎进重要的和辅助的文献，着手论文的第一部分。全文呈现于此。

---

① 指俄国历史上第一位接受加冕的皇后玛丽娜·姆尼舍克（1588—1614），她是一位波兰督军的女儿，曾为俄国混乱时期两位"伪"沙皇德米特里一世和二世的皇后。

纸剧院

我坐在圣安德鲁女修道院的缮写室里书写着这些回忆,此地新近经我堂姐狄奥多拉修复,我也在此地立誓。

首先,我要告诉你我名字的由来。生我之前,我的母亲伊丽娜流过一次产,人们竭力避免她二次流产,也就是说,在我出生前保住我。他们在十二门徒像前点起十二支等长的蜡烛,观察哪支最后熄灭,换言之,看哪支燃得最久。燃得最久的是使徒西门像前的那支,于是我就以西门命名。我就是这样活了下来。

很小的时候,我就记得君士坦丁堡和萨洛尼卡,记得海,太阳,还有人在歌唱。记得船只带来的鱼和香料的味道。我还记得父亲有一天在他的王宫里痛哭。我问母亲为什么安德洛尼卡(那是我父亲的名字)在哭,她沉思着告诉我说那是因为我。

"你,"她对我吐露了秘密,"必须远嫁异邦,安德洛尼卡正为此领受牧首和众僧的训诫,因为他未及你成年就要把你婚配。"

回答简短,表述理智,但我全然不解。我害怕极了。并非出于对未来的未知,那种我无从想象的未知,而是害怕离开我父亲的王宫,离开我的母亲、君士坦丁堡、那海,还有那太阳。那时我八岁。

我在王宫里认识的使者梅托契特斯五次去往异邦,协商(我后来得知)我的婚嫁事宜。有许多晦涩难懂但与我无关的事情，提及一些人质，一些边界地区，几个叫安娜、海伦娜的女人，都是王后。

一天夜里，我从帕奇梅雷斯的手稿中读到了这些，他是个编史家，是他所记录历史的亲历者，我父亲须在二月头上赴君士坦丁堡的帕玛卡里斯托斯教堂，面见牧首、教会要人及众僧。虽然贵为君王，但他仍不得不因为我而自我辩护。父王当时说的那些古怪之语，我日后方才懂得。

"应允这门婚事非我所愿，而王后艾琳和我就要痛别我们的心肝骨肉，把她交给一个冷酷野蛮的君王，因为这是不可避免的。帝国的疆土惨遭掠夺，臣民沦为奴隶，独独为此，我才决计把我年幼之女许给那征服者。我们无法用武力与这个敌人强行达成和平，与这位君王达成的和平是不会彻底和永久的，因为婚姻盗取了和平。"

牧首随后说道：

"那个君王违法抛弃了自己的合法妻子，为了娶一个孩子，也就是你的女儿，而这个孩子还不到十二岁，也就是未到结婚年龄。"

"我之所为并未违犯牧首所信奉的教会法律，"国王反驳道，"依教会之法律，倘若有人再婚，而其元配依然健在，这新的婚约便是违法的。此事是否如出一辙？当那位国王再娶的时候，他的元配仍健在。因此，与第二位妻子的婚姻被视为违法，因为国王置活着的妻子于不顾而娶了她。但是，元配既去世，国王便成了鳏夫。因此，虽然他的第二任妻子是违法的，而我们的女儿却是合法的，即便她还是个孩子。无论如何，那个国王已经起誓，在我女儿十二岁之前不会碰她……为了更伟大的利益，任何牺牲都值得。于君王而言，"——我父亲安德洛尼卡以如下宣言总结陈词——"君王无父母唯有法律，君王无儿女唯有臣民。"

我父亲雄言善辩。他为自己此举做了辩白。这便意味着我即将踏上征途，带着庞大的随行浩浩荡荡地奔赴帝国的北疆，交付给那个要成为我丈夫的国王。他骑在马背上，远远地我就认出了他。他像萨洛尼卡墙上的圣德米特里画像那样看向我。他身佩武器，衣饰华贵，几乎可以做我的父亲了。他现身了。我很惊讶，他居然下马，朝我跪下。他问候我，仿佛我就是他的王后。但是，当他（他仍然跪着）抬眼看我时，那模样又酷肖意欲屠龙的圣乔治。在马卡里耶都主教主持下我们成婚。我们随后返回萨洛尼卡举行婚礼，与我的丈夫、父亲、母亲还有王室共同庆祝，彼此交换了丰厚的礼物。

之后，我们去往我夫君居住的国度。那里没有海，也没有太阳。从始至终我都在担惊受怕。事实证明我的惧怕不是没有道理的。尽管我的母亲和侍女都向我保证，今后三四年间（直到我十二岁）我的生活会一如往昔，我会住在国王不会进入的独立寝宫，但事实并非如此。第一天夜里他就来到我的床边，用两种方式要了我，我无法反抗。我不理解他到底想要什么，因为，把我弄得血迹斑斑之后，他就回到自己的寝宫去了。临走前他吻我，我就知道他还会再来。我害怕自己又会流血，试图反抗过几次，但意识到自己应该屈服，因为完事后他很快就会离开。有个宫女悄悄告诉我，正因为我流血，才不会怀上国王的孩子。她说得没错。

母亲去世的时候，我去君士坦丁堡奔丧，但是没有返回。我时年二十一岁，出落得美丽动人，与伊夫雷亚的一个宽袖飘飘、身佩利剑的拉丁小伙儿蒙特费拉特热恋。但眼看瓜熟蒂落，我却突然间对他心灰意冷。彼时，他似乎感觉出我情境不妙，国王遣人进宫命我速回。为了不给父亲招致麻烦，我只得默从，但是归途路经塞尔的时候，我换上僧袍，企图逃往萨洛尼卡。我那同父异母的兄弟君士坦丁剥去我的僧袍，强行将我送回给国王，就这样，他们再一次将我抛弃。

国王对我大光其火，那一刻，我领悟到某种原本我永远都不会去思考的东西。要不是这一去一回，我是不会意识到的。这就是我为什么要写下这些文字的原因。我意识到，他，是唯一一个能够赎还我女性情感的人。我们被绘在教堂的墙壁上：国王垂垂暮老，须发尽白，我锦衣华服，耳环硕大。画家是个希腊人，同我一样，也是客居异邦。他将我画得璀璨夺目，远胜于国王……

国王死后，我再度回到君士坦丁堡，回到了有太阳和大海的地方，我做了修女。我为国王的坟墓献上一盏奢华的金质祭奠灯，还有一件同样华贵、样式精美的寿衣。

* * *

马乌戈热塔·波斯尼克写完了这些，也就是论文的第一部分（这部分无需交与教授过目），猛然生出某种重要的念想。她剥离了那个爱情故事的技巧。还有一个问题，更为重要。笔下是十四世纪的故事，书写的却是她自己的传记。

她没有完成期末考试的第二部分。第一部分就够了。之后，她便结婚了。

小说选或当代世界故事集

罗格·克拉利尼克

(瑞士)

克拉利尼克教授执教于巴塞尔大学。他悄无声息地,就像做贼一般,出版了三部小说集:《午夜之鸟》(在意大利出版),《母系兄弟》(在德国出版),以及《末日夕照》(在法国出版)。本篇即选自后者。他用五行字写就了二十、二十一世纪最简文学史。题目是《如何,或者什么?》。超现实主义作家满脑子是"如何",而社会现实主义首先考虑"什么"。写什么,对于他们来说比如何写更重要,因为这个"什么",可以被用作意识形态的目的。而那个"如何"并不是他们喜欢的。后现代主义曾再度引出对于"如何"的认定(比如计算机文化和非线性写作)。如今的二十一世纪,随着女性写作的蓬勃发展,再度让这个"如何"走到了前沿。

奥隆城堡

"找到什么了吗?"卡拉走进来问道。她的朋友迈克尔·布鲁斯毫不迟疑地答道:

"有了!奥隆镇的维拉尔村附近有一座城堡在售。广告上说它占地巨大,不过对我们来说这不是问题。要价会有点高,这也不成问题。我们只是对这建筑感兴趣。或者说，这座建筑里的一间屋子。为什么不去看看呢？就在著名的西庸城堡①附近，我们去玩过的。记得不？"

"我们走。"卡拉说着，咬了咬涂了青瓜味儿润唇膏的嘴唇。可以说，她处事颇为高调。

到了那里，接待他们的是一位妇人——已经准备好带他们参观城堡。她站了一会儿，把脚在地上蹭来蹭去，接着像是给谁发了个信号。隔壁屋子里出来一对夫妻。男的嘴里叼了一支昂贵的灭不了的莫卧儿烟斗，女的衣衫靓丽，腰身粗肥。他们对参观城堡同样意兴盎然。于是，这五人便出发了。妇人带他们在底楼停留了一会儿，把他们领进一间黑漆漆的屋子，有人从屋里大叫着跑出来，又飞奔上楼。四个人都吓坏了，女主人，或者不管她是谁，开始了她的讲述，仿佛什么也没发生过：

"这是间浴室。可城堡建于十五世纪，那会儿哪来浴室呢，实际上是城堡依山而建，底部一圈这样的房间，有山水流经，直到今天还在流，人们就可以在里头洗澡了。买下城堡，也就买下山水……拜伦在英国的寓所也有一间这样的浴室……现在我们去第一个阳台，这个阳台最大，就在你们看到的那座楼梯的顶部。"

这时城堡里断电了。墙上仅有一支火把救急，女主人点燃

---

① 西庸城堡位于瑞法边境蒙特勒市日内瓦湖畔，是瑞士著名古迹。拜伦据古堡历史所作的名诗《西庸的囚徒》令此地名扬天下。

它，以便买家能看见她提到的楼梯。站在阳台上，目之所及的最远处大约是一支枪的射程，一行人突然间听见了乐声。两对衣着鲜亮的男女现身，邀请买家一同跳舞。众人未及反应，那伙人中的一个年轻女孩就凑上前亲了一下烟斗绅士。

"那边，你们可以看见，"女主人继续讲述，若无其事，"城堡的大花园。这会儿摆满了临时金属椅，因为要演戏。"

"几点钟演？"肥腰女士问道。一小伙儿像是坐在空戏台前方乐池里的人应答了她。他们吹起口哨，叫人想起某种猥亵的东西。

"城堡墙壁外头，可以看见一大片空地，"女主人继续她的讲述，"可以建停车场，或者造车库，旅游界的有识之士看好这座城堡将来大有可为……这会是一笔不错的投资。城堡下面，可以看到壮如船只的奶牛在那片空地上吃草。

"现在转一百八十度，靠在阳台另一端的栏杆上，环顾四周，城堡的房间壮观景致尽收眼底。"

买家又吓了一跳。在一间宽敞的屋子里，两个像是来自十五世纪的侍从，正在给一位老太太穿戴那个年代的花哨盛装；老人家快活地挥动着手绢向到访者致意。这也是很古早的问候方式了。他们又下到厨房。那里有个硕大的壁炉，大到不烧火的时候人都可以走进去，墙上整齐地挂着一排漂亮的老式铜锅。桌上的编织篮里装着诱人的蔬果。就在买家四下打量的时候，一个身穿制服的男仆穿过厨房，从最近的一只篮子里抓起一个苹果张口便咬，嘎嘣嘎嘣嚼得脆响。

"我们可以尝尝吗？"烟斗绅士一边问，一边抓起一个玫瑰色的苹果。他使劲咬了下去，却发现是个假的。他蒙了，放了回去，布鲁斯恼了，打断这幕无礼的表演，询问女主人城堡的售价。

"这座城堡售价多少？"女主人反问道，惊呆了。

"它不是在售吗？"卡拉决心问个水落石出，"你在报上登广告出售城堡，这会儿又装傻！"

女主人回答如下："你们完完全全搞错了。这是一个虚构的销售：一场表演而已。为游客提供一场表演，带领游客参观，就像带买家看房一样，同你们在前面浴室里看到的演员一样，我干的是导游工作，是拿报酬的。"

"这是彻彻底底的骗局！"布鲁斯要求马上见到城堡主人，"我们是诚意买家，这当然不是说这位女士和这位先生就不是诚意买家，我们毫无疑问会给他一个合理的报价。"

又惊又怕的女导游不好意思地纠正布鲁斯：

"主人是位女士，不是男士！"

"我们才不管主人是谁呢，"布鲁斯说，"我们要买城堡！"

"城堡不售！"参观者身后传来一个女子的声音。他们转身，看见一个二十上下的女孩，身着一件刈草时穿的粗陋衣裳。她正坐在石头台阶上。

"可你们登了广告！"

"这有什么关系，不过就是针对游客的营销策略而已。"

"那起码卖一间这城堡里的屋子给我们。价钱好说。随你开价！"布鲁斯不依不饶。

"就一间？"主人很意外，"从没有人向我提出这种要求。

不可思议……来，去我客厅喝杯咖啡。"

*   *   *

第二天晚上，当所有的合法手续交割完毕，卡拉和布鲁斯搬进了他们新买的房间。他们并没有什么行李，除了他带来的一大一小两只盒子。大的那只木制，栗色，那种人们用来放手枪的。另一只是个珠宝盒，黑色皮质。

"你买的吗？"卡拉问道，有点不耐烦。

"买的。"说着，他打开那只黑色的小盒。

小盒子内衬红丝绒，分成两格。里面是两粒左轮手枪子弹，就像两枚闪光的订婚戒指。弹壳是银质的，弹头类似某种玻璃的东西。

"里面装的什么？"她问。

"雨果博斯香水。我用的。"

"还有一个呢？"

"给你的香奈尔5号。香水密封在6.35口径的子弹里。子弹是纯钻制成。每个四克拉，切割成左轮手枪的子弹形状。相当管用……"

"能怎么用？"卡拉惊奇地问道。

"弹药发射时会清出一条细细的通道，弹头便浸满了香水。"

* * *

当警察发现两人尸体的时候,闻上去,她是香奈儿5号,他是男士用的雨果博斯。

陆 常

(中国)①

陆常生于南京,写过剧本(《楚和姑娘们》《鹅风》《三个理发师和一只猫》)。他在莫斯科留学,英语流利。他被视为华语文坛的离经叛道者。他的作品由一家名为波顿的出版社出版。陆常曾抄袭欧洲一位顶级作家的作品,败露后吃了官司。这件事被写进了一本书。

艾滋病

"穿得漂亮点,脱掉衬裤,在九龙公司大楼见。我带你来一趟狂野之旅。樱桃味的烟草气息,欧洲的女士香水,来自非洲的芬芳精油,天鹅绒和长毛绒,水晶镜子,巴厘岛的金香木油。名不虚传!"我对着手机低语。

"真的?"索妮娅来了兴致。她来自欧洲某国,和我就读于上海同一所大学。我是韩籍华裔,同父亲和兄弟住一起,她和六个女孩住一间。她们中总有一两个来大姨妈。

我们在九龙公司大楼前碰面,数了数,这楼有六十五层。数的时候我发现,索妮娅的嘴好小,仅容两根筷子。营业时间已过,我们径直走向电梯。这里极尽奢华,处处可见衣冠楚楚的服务生、黄铜制品，还有地毯，充盈着樱桃味烟草、女士香水、人造鼹鼠皮以及埃及精油的气息。一张天鹅绒长沙发的镜面靠背直指天顶。

"在这儿吗？"索妮娅问。

"是的，就在这儿。最高层是六十五楼。也就是说我们只有十五分钟不到的时间到顶。要是我们不刻意，运气好点的话，从顶楼下来也需要这么长时间。"

我按下六十五层，立即解开裤子。

"不是在这儿吧？"她一边问，一边搂住我。我靠在电梯的一角，电梯正令人愉快地摇晃着，她没穿衬裤，所以我一下子就进去了。她双腿环住我，低语道：

"你能高潮，我不行！"

"为什么不行？"我问道，抑制住欲望。

"在电梯里我不行。会有人进来的。"

"你那么急于自我毁灭。都下班了，谁会进入一座空荡荡的房子？"

电梯带着我们来来回回轻轻摇晃着。突然，它停住了。有人走进来。是个白人男子。他看了我们一会儿，我注意到他可以从镜子中看到我怀里脱去衣服的索妮娅。我们的好事一目了然。他让电梯下行，在七层与八层间停住。他熄了电梯里的灯，与此同时，角落里的我俩正应着本能的需求上下起伏。随

---

① 本篇为虚构之作，含有一定反讽意味，文本意图反映某些西方人对中国的离奇想象，并不代表作者立场。——编者注

后他解开了裤子从后面进入了索妮娅。刚一透过索妮娅感觉到他从另一面的进入，我就像一条无声的金鱼一样高潮了。想不到索妮娅也随之高潮了，像只大猩猩一样尖叫着。终于，他哼了一声，高潮了，索妮娅都没来得及看到他。他抽出来，拉上拉链，启动电梯。一言未发。

他从三楼出去了。我们下到底楼。

* * *

我费了好大劲才说动索妮娅再次与我在九龙公司大楼见面。她挡不住对于芬芳气息和水晶镜子的回忆，又不喜欢没有时钟和卫生间的住处，终于还是同意了。我们又一次来到这栋著名的大楼。这次我们选了一部与上次一样的电梯，只不过在左边。营业时间过了。我重复相同的动作按下顶层的数字键，在角落站定，拥索妮娅入怀。又一次，她说了和上次一样的话。

"可是你要知道，我在电梯里到不了高潮。"她在我耳边低语，双腿圈住我，我们往三十八层进发。

"真的吗？"我不带一丝嘲讽地问道，这时，电梯停在了三十三层。

进来一个系着花领带的大个子黑人。他按下一个键，都没有转身看一眼，仿佛我们不存在似的，接着，他胸有成竹地转过身，猛地从后面进入索妮娅。他高潮了，像马一样嘶鸣着。这会儿是在四十九层。到了五十三层的时候，索妮娅高潮了，像一群豺一样喘着粗气，黑人拉上拉链，消失在六十一层，我也达到了高潮，像一条安静的鲤鱼……

离开的时候索妮娅说：

"真带劲，我来了两次，但是咱们再不能这么干了。我会得艾滋病的。"

那一刻，我决定娶她了。

* * *

我们住在我们家。我思忖：幸亏我们不是日本人，他们从来就没有过一张空的床！他们轮班睡觉！当然，我也知道，只要逮着机会她自己是不会反对的，人总要忍着。总强过电梯里的陌生人。

再者，我已足够成熟和精明地意识到：要是索妮娅也和别人睡，在床上就会越发取悦我。

纸剧院

维奥莱塔·雷佩卡

(立陶宛)

维奥莱塔·雷佩卡是一位立陶宛诗人。她生于维尔纽斯,在那里完成学业,在文法学校教授希腊文和拉丁文。著有诗集《给初学者发短信》和《高分辨率图像》。除去大学学业,她还师从女高音歌唱家弗吉尼亚·奥兰塔斯学习音乐。她创办了 *Olmuc* 杂志。她几乎没有离开过维尔纽斯。她写关于音乐、戏剧和绘画的散文。她有一句名言:"哦!立陶宛,我的祖国,你看似健康!"当然,这是密茨凯维奇[①]的诗句,但用立陶宛语一说,别具新意。在她为之创作剧本的剧院里,观众也扮演着重要角色。所谓的"双幕"剧场,即观众席像在教堂里一样被分为女宾区和男宾区,就是她的发明。她反对立陶宛的苏维埃统治,而且毫不掩饰。她从未出版过小说集。此文载自网络。无人知道她健在与否。一度传她自杀。被否认,却又令人生疑。到了二十一世纪初她音讯全无。也许已遁入空门。

上 戏 院

"会比现在更好,会好的,"妈妈说起我们的将来,又加了一句,"我有两张票,带你上戏院。"

纸剧院

我八岁了,还没上过戏院。我上学,除了说立陶宛语,我还说俄语和波兰语,只梦到过一次死去的外公。他闭着眼睛跟我说了一个要紧的字眼,但一醒来我就忘了。

放学后,妈妈和我踏着雪来到河边。像是为上戏院预先练习一番。当我们来到岸边一座漂亮的小木屋里,我的脚都湿了。这是一家温泉疗养所。人们告诉我,很久很久以前,彼得大帝曾经御驾亲临。这会儿,屋子中央是一张木桌,桌上放着个碗,盛着香肠、黄瓜和奶酪,还有一瓶野牛草伏特加。妈妈就着一点儿奶酪喝了两杯,说道:

"你别进去,里头每个人都光着身子。"

随后,她脱掉衣服,一丝不挂地进了温泉。我坐在窗边看着外面冰冻的河。我没有喝野牛草伏特加,它闻上去,和那奶酪一样,不是那么美妙。

突然间,温泉的蒸汽开始从朝河的那扇门里喷涌。水汽中赤身裸体的男男女女们奔向那座通往水里的小小木制楼梯。我辨不出哪个是妈妈。她徒劳地试图用一条小板凳遮挡自己的裸体,她用这条板凳撞破冰块,跳进结冰的漩涡浴池。蒸汽升腾起来。很快,她回到了这间放着木桌的屋子,我正在这里等她。她裹着件袍子,满脸通红,这会儿穿上了衣服,我很快就认出了她,她一口气又灌下两杯伏特加。接着,一切就绪,回家。

家里很暖和,妈妈倒头睡下。她睡了很久。后来阿姨来了,既然这一天妈妈显然都是昏昏沉沉的,她便将我穿戴好,

---

① 亚当·密茨凯维奇(1798—1855),波兰浪漫主义诗人。

带我上戏院。我转了转眼珠子。用我会的所有三种语言。

我们走进一座宽敞的建筑,里面是一排排的长凳,就跟学校里的一样,只是更漂亮些。中间留出一条宽宽的过道。我瞪着眼睛四下里打量。

"这是一出讲乡村生活的戏。"阿姨说道,我们坐了下来。

幕布升起,出现了一张木头桌子,桌上放着个碗,盛着黄瓜、奶酪和香肠,正中是一瓶野牛草伏特加。但是我闻不到那味儿,因为我们看的那个地方(我阿姨说那叫舞台,我应该往那儿看)用水冲洗过,闻上去有股湿漉漉的松木味。四周有许多漂亮的柱子。我四下张望,看见身后有个阳台。它以前应该是镀金的。但整个看上去有点像临时搭建的,在我看来活像给母猪上了个鞍子。

"这里是教堂吗?"我安静地问阿姨。

"不是。过去是,但现在是戏院。"

就在那时,台上乡村男女们出场了,穿着打扮仿佛是要去赶集,他们正在欢迎从镇上来的三个黑衣人,三人中有一个是女的,一个年轻人。第三个看不出年龄和性别。

他们一出场,阿姨就低语道:

"好戏要开始了!"

"在哪?"我问道,随即有人从我们身后的长凳上伸出一只手,递给我们两支蜡烛和一盒火柴。

"你问在哪是什么意思?"她拿着蜡烛接着我的问题,"你看见了,我们这排长凳只有女的,而那一排,也就是过道右边,只有男的。这就像在教堂里一样。男女分坐的教堂。"

"那又怎么样?"我问。我只是看到有些女人的脸要比她们的下半身老,而另一些人的下半身则比她们的脸老。但是我什么都没说,这样就不会挨耳光了。

接着,舞台上冷不丁走出一个好像是真正主角的人,或者差不多那么一个人。是个女孩,二十岁左右,一条非常漂亮的蓝裙子,腰带,白衬衫,玫瑰色几近红色的胳膊还有乳沟。这些东西上头,是轮廓粗粝的脸颊,一头茂密的黄色鬈发。她长得和我的娃娃克拉拉有几分像。她让站在湿漉漉的舞台上的每个人都感到高兴,尤其是那个从镇上来的黑衣年轻人。她问了他些什么,我们周围坐在长椅上的人就开始点燃蜡烛。先是女宾,接着是男宾席。我们也点燃了我们的蜡烛。

整个教堂,或者说戏院,就这样被照亮了。台上的人继续他们的故事,我们静静地坐着,这当儿一位牧师走上了舞台。他一袭黑衣,只有袍子里翻出的领子是白的。他抬起一只手,在自己身上画十字,对着长凳上我们的方向做了个十字形手势,开始布道,他说上教堂的人,好比这会儿的我们,将会升入天国……

他在说教,而他身边台上的那些演员依然在表演他们精心排练过的故事(我阿姨如是说),假装没有注意到这个牧师,就像他假装这个教堂里没有戏院一样。就在这时,坐在我们身边的一个女人(她手里也有一支点燃的蜡烛)对我阿姨说:

"你听见有人在吹口哨吗?"

"上帝惩罚他,在戏院里!"

"不是戏院,是教堂!革命者把教堂变成了戏院!"女人厉声道，又加了一句：

"是你的孩子在吹口哨！"

阿姨亲自确认的确是我在吹口哨后，便摸出一块糖塞进我嘴里，不管喜不喜欢，我不吹口哨了，开始吮着糖，看向舞台。玫瑰色的女孩递给镇上来的年轻人一朵纸花，牧师在布道，村民们和镇上的人吃香肠、喝伏特加……

我不明白接下来发生的事情。我睡着了。教堂里的人也好，戏院里的人也罢，都顾不上去想，我得和平时一样睡觉了。我阿姨说，她把我抱出了戏院。她踏着雪把我抱回家，我是含着那块糖睡的。它就像是美好未来的一种保证。化得很快。

埃德蒙多·波蒂略·克鲁斯

(阿根廷)

这位阿根廷的英语剧作家有着奇妙人生。出生于门多萨，在布宜诺斯艾利斯和西班牙的萨拉曼卡求学。在西班牙时他开始发表剧本：《未曾到达的女人》和《大帽檐》。接着一切陡变，一时间众说纷纭。波蒂略·克鲁斯病了，回到了阿根廷，偶尔会相信并写道自己是另外一个人，一个叫弗朗西斯科·莫尔的人。究竟是这个弗朗西斯科·莫尔在写小说，还是他本人在写，无人知晓。他们是否同为一人也不得而知。他署名克鲁斯出版了新文集《抵御夜生活》和《双人座》。署名 E.P. 克鲁斯将古罗马诗人维吉尔、卡图卢斯和奥维德作品译成西班牙语。此篇选自《我们的死亡之夜》。

裤腿上的扣子

我养过一条赤褐色的腊肠犬，不是纯种的。我把自己的人生同它的生存方式做过比较，从它那里学得了如何生活，尽管它比我年轻，也先于我离开这个世界。

有过一段很长的时间，我经年累月地探求它与我之间的差异，对生活理解的差异。它有三件事情极为投入：吃喝，骑母狗，睡觉。除此之外，它还虔诚。是的，虔诚。谁是它的神呢？答案近在咫尺，我知道：它的神就是我。就算我拿走它的饭碗，它也不敢碰我一下。换作其他人，它张口就咬了。或许它时不时也会困惑于它的神，也就是我，论思考和反应的敏捷都远不及它。但这狗并不为此纠结。谁是主子才是问题。我主宰它。对它来说我是个秘密。于是，它便有了这种接近秘密的表示。面对秘密，也就是我，恐惧与爱交织。而且，或许它感觉自己内心也有个秘密，而不只是我有。因此它知道恐惧。由接近秘密而被唤起的神秘本能。关乎死亡。

我有时认为我的狗与我之间存在着一种重要的差异。除了上述一些东西，我的人生中还有别的某种不可回避的问题：工作。如今的人们加倍地工作以求减少工作。他们不得不事事争先。要是第二个球才挥棒他们就会觉得错过了什么……①它张口撕咬的时候，同别的狗打架的时候，或者要是我给的食物不够，它四处觅食的时候，它是不是在工作？我不知道。

有一个关键问题我同样不得而知——它知道时间是什么吗？不是时间表，是时间。它的时间表要强于我。我说的是，关于时间。与时间相伴而来的是厌倦。它有时会感到厌倦吗？

我妻子担心全球变暖，担心太阳风和宇宙灾难。她一到午后就低烧，一到周末就气喘。我没有。我的整个人生，所做的一切的背后，所有的思考之上，都是在遮挡对时间的恐惧。只

---

① 棒球或垒球运动中，投球手投出球，棒球手挥棒击打，有三次机会，所以多数人不会在第一球就挥棒，因为不知投球手底细，容易出错。首发球就挥棒用来比喻那些在工作中不顾后果、无所畏惧的人。

纸剧院

剩下一件事可做，我想过许多遍了。就是放下一切。然而，时间总是在挡道。闲暇时间太多了。如果你放下一切，那些时间用来做什么？跟电脑打牌？我不能想象从创始之初直至今日，有人或者是上帝会从未感到过厌倦。没人躲得过时间。假如全面地去想象时间这个问题，我们的前世还有来生，想到时间带来的厌倦我就会颤栗。一条深邃的、无法估算的，贯穿身前与身后的隧道。

随着年纪的渐长，我注意到时间的消逝可快可慢。那是在我意识到和时间有关的问题时。我懂得只有那些不再等待的人才能够忍受时间。最伟大的艺术就是停止对死亡的等待。只有年轻人不相信死亡。其余的人都在等死。

我还理解了另外一些事情。时间如同牛群一样始终在呼吸，它总是吸入人及其安顿的东西，呼出的是将来。没有人能够长时间地、锲而不舍地肩负担当。闲暇时间多矣。除非此君总是手不落空、忙得不可开交。但那些手必得十分强壮，以期在为逃避厌倦转而投入工作的千年万世中不会停歇。我的一切工作都已成为对厌倦、对存在着的厌倦的一种逃离，假如我可以这么说的话。一旦这种念头涌上来，我就会坐下来干自己的工作，将其打消。专家说健康就是有工作的意愿。我不知道。也许，这个世界之所以被创造出来，是因为某个人用工作来逃避厌倦？

你们还记得达·芬奇那个关于墙上的斑点的故事吧。[①] 看着墙上的斑点或是别处的什么，望着天上的云，你可以对这些

---

① 指流传甚广的一句达·芬奇名言：墙上的斑点也是风景。

你永远无法从记忆中捡拾起来的风景或者面孔展开想象。那些斑点似乎能引申出别的什么，不同的现实，同文学有些相像。阅读，让你看到和经历到那些你永远不会发现的、恰好发生在现实中的事情。我们来回忆一下。读者使斑点复活，代入他的生活。书里的一朵假云，你根据自己的经验，把它变成了一朵真云。我们能否基于这一两重性，从另一方面推导出，我们的时间，活着的时间，在斑点中，在文学中，是不存在的？那里是某种其他时间，某种别的、不同的现实。我们活着的时间只存在于一个正在观察那些事物的人身上。那么，我就是一个观察者。

有时候，在活着的时间里，夜晚，我躺在那里，想起我的母亲不谙某一方面，我的父亲拙于另一方面。想起我则两方面都不开窍……

有时候在夜里，我躺在那活着的时间里，躺在我空荡荡的屋子里，只有光秃秃的墙和华丽的枝形烛台；这样可以给予我周遭的一切一个解释，却无济于事。

有时候我在夜里躺下，躺在那活着的时间里，我听见：在我衰老的身体里，我年轻的灵魂在尖叫。四面是墙。我在哪里？

我周围的时间只有一个特性：流逝。它借走的一切全都流逝……

有时候，我试图躲进日常的小小欢愉来忘却那种厌倦。我曾经以为，现在依旧认为，欢乐是宇宙间最最古老的东西。它是生命的象征。不外乎：一餐饭，一张温暖的床，一个女人，不太多的孩子,那些男人几乎注意不到的孩子。继而,并非因而,你热爱的工作,步行(拜我的狗所赐有时是跑步),旅行,豪宅,音乐,图画……简言之,一切带来欢乐的东西。欢乐的生活。

但接下来,我会想到硬币的第三面。除了时间及其带来的我内心的厌倦,另一方面,欢乐与工作在那枚硬币的边缘卷成了一个圈,就像蛇出现了一样,出现了永恒的概念。没有比想象永恒更为恐怖的事情了。想象一下(尽管很难)永恒必定带来的那种庞大无比、不可估量的厌倦吧。永恒自食其尾。佛祖也许教诲过如何在永恒中逃离厌倦……

通过观察我的狗,我意识到它对永恒一无所知。或者说永恒对它同样一无所知。我认识到对于永恒而言,它是微不足道的,就好像我裤腿上的一颗扣子,假如有这么一颗的话。继而我认识到,对于永恒而言,我也不过是裤腿上的一颗扣子,假如有这么一颗的话。

小说选或当代世界故事集

伊什特万·巴奇

(匈牙利)

这则故事匿名发表在诺维·萨德出版的匈牙利杂志《希德》上。据猜测可能出自彼得·艾什泰哈奇、达尼洛·基什或者其他人。最终被证实作者极有可能是一个叫伊什特万·巴奇的人，此人一度在维也纳大学担任匈牙利语讲师。他以本名发表过《十八世纪莫哈奇拉丁语学校概述》。巴奇在国外（诺维·萨德论坛）出版过著作，与总部设在布达佩斯的Cartaphllus有过合作。他留须掩面，无人知晓其真实容颜，保存下来的照片也未能告诉我们。从假设故事本身要比故事的作者来得重要开始，我们已经以他的名义将这点视作这个故事的一部分。

巴拉顿湖边的五栋房子

埃尔齐卡·巴尼奥伊是唯一的后代。她三十五岁，在布迪姆的塞切尼图书馆任古旧珍本保管员。她的双亲都去世了，她独居于一间一居室，那里能够俯瞰到多瑙河畔的"鹿头"酒店。除了这间一居室，父母还给她留下了一把硕大的钥匙，钥匙上刻着"多罗西娅"这个名字。埃尔齐卡对这把钥匙一笑置

之,它的来龙去脉如下:

两次世界大战之间,她的姨婆(也就是她外婆的姊妹)嫁给了一个叫尚多尔·沙巴特卡的阔佬。她和尚多尔膝下无子,但拥有巴拉顿湖边的五栋房子。而埃尔齐卡的外婆却有五个孩子,四男一女,那女儿就是埃尔齐卡的妈妈。巴拉顿湖边的几栋房子就以这些孩子的名字命名。这些名字以金属做成漂亮的镀金字母铭刻在每一栋别墅前。这五栋别墅各有一把开启前门的大钥匙,每把钥匙上都有相应别墅上的名字。两次大战期间,这些房子用作湖上宾客的温泉疗养所,收入颇丰。埃尔齐卡那赚得盆满钵满的姨婆买了五件裘皮大衣(白鼬、水貂、暹罗猫、北极狐还有马驹的)。"二战"前夕,尚多尔去世,他的妻子,也就是埃尔齐卡的姨婆开始独享他的——如今是她的——四轮马车。她有三辆。每个星期天,她会坐着其中一辆环湖兜风。马车夫能拉一手好听的小提琴,马儿们认路,缰绳便挂在马脖子上。车夫吹口哨指挥它们,口哨声偶尔被他拉的查尔达什舞曲打断。沿途路人莫不评论:

"又是沙巴特卡夫人,她的马儿在跳查尔达什舞呢!"

知道自己将不久于人世,姨婆将她的五栋房子全部锁上,将五把前门的大钥匙交给姊妹的五个孩子。这也就意味着连同房子也给了他们。其中一栋冠以"多罗西娅"的归了名叫多罗西娅的埃尔齐卡的母亲。但这并不意味着姨婆将自己的裘皮大衣也拱手相送。姨婆舍不得散尽这几件衣服。

然而,战事正酣,战后,俄国人来了,匈牙利政府将巴拉顿湖上所有的别墅收归国有,包括那五栋房子。别墅年久失修，其中一栋名为"豪姆沃什"的被拆毁，原址建了个木梳作坊，或者差不多的玩意儿。

如此一来，埃尔齐卡从母亲那里继承来的这把钥匙就一文不值，更不用提那房子了。埃尔齐卡从没有去巴拉顿湖看过那房子，或者说那几栋房子。对她来说，这么做似乎有点不合适。到了二十一世纪，匈牙利加入欧盟，埃尔齐卡从报上读到所有被国有化的资产正在被清退给个人，她找啊找，终于找到了相关文件和那把她得以进入巴拉顿湖别墅的钥匙。随后她给一个她知道境况与她相仿的表姐妹打了电话。那个表亲也是从她父亲那儿继承了巴拉顿湖五栋房子其中一栋的钥匙。

"我早就搬进去了。"她简单地说了句，埃尔齐卡由此得到启示，决定也这么做。

她提出了一份非国有化申请，然后第一次前往巴拉顿湖探访那栋房子。不过，这事说易行难。既然知道街道，她以为很快就能找到那栋建筑。她的别墅名叫"多罗西娅"，但这些名牌要么已从这些湖景房上掉落，要么已被恶劣的天气、暴风雨之类侵蚀，所以她猜不出哪栋是属于她的。"多罗西娅"别墅无处可寻。这里的许多房子甚至变成了民居。最后她想到用钥匙来找锁。随后她碰到了新问题。她得找个地方住下，得吃早饭，这样第二天才能继续寻找。

一个阴暗的早晨，她尝试了好多次，但那些锁大多已经换掉了，或者已经被破门而入过，所以她的钥匙派不上用场。中午光景，她走近一栋别墅，房子有着漂亮的绿屋顶，装饰有一个所谓"冠瓦"的悬瓦，还有造型别致的排水管，房子的四角还有金属雕制的龙。虽然入口处的金属名牌已经剥落，刹那间她却灵光一闪，感觉这把钥匙会与她瞥见的门上的锁相配，可是她错了。她试了，但还是开不了房子的锁，哪怕这钥匙头一回这么自如地在锁孔里转动着。完全是凑巧，她推了下门，开了。门没锁。她还以为房子没人居住，废弃了呢。

她走进小小的门厅，看见衣帽架上有一件褴褛破旧的马驹皮外套。她依稀想起了母亲讲的故事。这是否就是她姨婆那五件裘皮大衣中的一件？当她在一间光线暗淡、宽敞的路易十四式客厅里，看到一个年轻人把脚跷在桌上的时候，她越发惊愕也越发害怕了。那人面前放着一瓶啤酒。他风度翩翩地请她坐下，说道：

"我就知道你①会来。"

"可，您②是谁？"她回敬道。

"这栋房子的共同拥有者。"他说着，指了指桌子。桌上有一把钥匙，形状同她那把一模一样。

"我母亲从她的姨妈那里继承了这栋房子，我又继承了我母亲的。怎么您又跑出来说自己也是这栋房子的主人？"

"我得跟你解释一下。"他说着，从桌上收回了腿。他挺帅，头发编成了一根辫子，肩膀宽阔。他的目光能穿透一件衬衫。穿透她的衬衫。

"伊什特万·沙巴特卡先生，我的爷爷，也想把这栋房子留

---

① 年轻人从始至终称呼她用的都是非正式场合用的"你"。——英译注
② 埃尔齐卡从始至终用的是正式的称呼"您"。——英译注

给某个人。这房子也是他的对不对？事实上，这是他的特权，这房子是他挣来的，那四栋也是。所以，我提议我们做笔交易。"

"什么交易？"埃尔齐卡愣住了，问道。

"我们得合计合计，还有一整个晚上呢。你想要楼上的卧室，还是这儿的沙发椅？"

回到住处，吃了饭，但是，她久久合不上眼。早上一醒来她就害怕。烧香的留在了那里，倒赶跑了自己这个看庙的，仿佛那不是她的家产。她迅速收拾停当，付了食宿费，拔腿就往多罗西娅别墅跑，铁了心要待在那里。

年轻人正在吃炒鸡蛋。倒是跟在家里似的。

"我不知道您琢磨的是哪种交易，但是我无意就自己的房子同您做交易。"她走进餐厅说道。

"这么说，你整宿都在琢磨这笔生意哪。可喜可贺。我想到了一笔非常自然的交易。你现在知道了我是谁，我也知道你是谁。那么我们为什么不平分这栋房子呢？要不这么说吧，你为什么不同我结婚，那样我们就都拥有这栋房子了。"

"您纯粹是胡说八道！"她说，又脱口而出，"您会收到我的律师函的。"

她看到他的钥匙依然放在客厅的桌上。她拿起来翻了个面。钥匙上刻的并不是这栋房子的名字，也就是她母亲的名字"多罗西娅"，而是那栋被拆毁的房子的名字——"豪姆沃什"。她吃惊地瞪着他，他从炒鸡蛋那儿起身，耸了耸肩，说：

"哈，好啦，你会承认那是多么美妙的一天！无论如何，你的房子还未私有化。它依然不属于任何人！"

"您是怎么拿着那栋已不存在的房子的钥匙开门进来的?"埃尔齐卡坐在路易十四式的沙发椅上问道。椅子质地坚实,十九世纪的新工艺,平生第一次,她真切意识到她坐在自己的沙发椅上。

"门开着。"

"您想谈的是什么交易?"埃尔齐卡风度翩翩地邀请他坐到她边上。

他笑了,一边坐一边说道:

"我的结婚提议依然有效!"

接着,他带着炒鸡蛋的残渣堵上了她的嘴。她还没吃早饭呢,鸡蛋尝起来不错。

欧热尼奥·阿尔瓦雷斯

(巴西)

欧热尼奥·阿尔瓦雷斯本职是化学师。他为巴西多家公司研究从水中提取的微量元素。先是在亚马孙，继而在南美和北美一些地区。他用巴西葡萄牙语将旅途见闻写成小说投给巴西的出版社，后结集成书，取名《神鹰的飞行》（一九九八）。这本书由马尔科·泽罗出版，选登其中一篇于此。他与名模比如玛加丽塔·奇塔蒂、阿亨蒂纳·拉米雷斯和安德烈亚达·孔科图等同居。二〇〇五年，他因癌症病逝于里约热内卢。据信，他的文学遗产远不止上述这本书，却没有留存下来。我们有过通信，因为他读过我的作品。他从不提及自己的文学著作。他身后留下的电脑图像虽然分辨率不高，但仍有很高的价值。

科尔特斯的第三个论据[①]

一五一九年，埃尔南·科尔特斯离开古巴，在墨西哥湾沿岸登陆时，军营里爆发了叛乱。科尔特斯并没有进行镇压，而是派了七个亲信前去港口，一行人依令烧毁了停靠在"真十字架丰饶村庄"新建聚落的整支舰队。叛乱者只得在一五一九年十月向阿兹特克帝国的特诺奇蒂特兰（墨西哥城）进发，在科尔特斯的指挥下继续他们对墨西哥的征服。

众所周知，科尔特斯给予自己的"过河拆桥"三个解释。尽管他手下仅有四百勇士，却因为这三个解释而自信能够胜利，其中两个有据可查。首先，他带着十六匹战马，正如他所预期的，这些牲口的可怖形象在阿兹特克的战士中引发了慌乱，他们将这些从未在墨西哥见到过的动物视作魔鬼，将它们途经波波卡特佩特火山时走过的那条路命名为"邪恶之路"。科尔特斯知道谁也不能强迫印第安妇女照镜子，跟她们的丈夫一样，因为她们有过教训，并据此建立了这种信念，即只要在镜中照见自己，体内的灵魂就要被镜子吞噬。因此科尔特斯的马匹胸前都挂有镜子。

科尔特斯的第二个著名的论据是拿历法说事。有一个关于羽蛇神的秘密传说，千百年前印第安部落就将美洲文明中的这个金色毛发神逐出了大陆。根据那个秘密传说，羽蛇神将于苇管元年（阿卡特年）从东方流放归来。根据阿兹特克历法，正是一五一九这一年，而科尔特斯，众所周知，金发白肤。

这第三条论据同前二者一样确有其事，但记录下来相当复

---

① 本文涉及的埃尔南·科尔特斯这位有争议的历史人物以及阿兹特克帝国被征服的史实简述如下：1519年，西班牙探险家科尔特斯登陆墨西哥湾，这些白皮肤、骑大马的入侵者被阿兹特克人认作神话中的羽蛇神流放归来（根据阿兹特克人的纪年法，仁慈的羽蛇神恰于这年从海上归来夺回王权），科尔特斯由此诱降阿兹特克帝国国王蒙特祖马，庞大的帝国被迅速征服。征服者先是利用再是摧毁原住民那些野蛮、不开化的文化信仰行径，并通过宣扬圣母显灵等神迹，输入进而强迫他们皈依基督教。

41

杂。因此始终讳莫如深。但，毫无疑问——科尔特斯的人马却心知肚明、概无不晓。

真相也许是这样，一五一九年十一月八日，科尔特斯率领人马进入墨西哥的首都，阿兹特克国王蒙特祖马二世带着礼物在太阳石前面相迎，向他描述四个世界纪元，准许他和平进城，彼时国王的一名亲信被献祭给羽蛇神——那条来自金星的羽毛蛇，以及战神维齐洛波奇特利。就是说，阿兹特克人相信，要是被献祭的人对献祭忠心虔诚，那么人祭，或者挖心献祭是非常值得的。因为，用作献祭的人被视为天地间的使者，他将为送他升天的人在天上美言。因此，沿着数千米之长、两旁石头林立的黄泉大道，献祭仪式的队伍在月亮金字塔和太阳金字塔间走过，去往颁布许可令的特奥蒂瓦坎宗教仪式中心。

但是，蒙特祖马的朋友在维齐洛波奇特利这位神灵前并没有为他的君王全力以赴。一五二〇年六月三十日，国王在一次叛乱中被杀，科尔特斯为了这座实际已被征服的城市不得不出面镇压，这座城市于一五二一年八月十三日最终与阿兹特克帝国一起落入西班牙人之手。由此可证明科尔特斯的第三条论据可谓精心编排。

* * *

一个寒冷的雪天，在特诺奇蒂特兰（刚刚被重新命名为墨西哥城）的郊外，一个巡视完陷阱的贫苦的印第安猎人，在回家路上遇见了一个年轻美貌的妇人。据他后来回忆，她赤足，她凝视的目光融化了积雪,她的头发连同发带向空中耸立,看上去就像头上顶了柱子一般。她对他说话,她的话语刚一出口就冻结了,在她消失之后依然能看见。她令他在此地建一处神庙,这个刚刚皈依了基督教的印第安人赶忙跑去找神父,告知这个神迹,宣称自己亲受圣母的慰安。神父不信,要猎人证明。印第安人回到刚才相遇的地方,但人已无影无踪。他心慌意乱地回到神父面前,一边咒骂着,一边无助地摊开了双臂。就在这时,一捆新鲜的玫瑰从他的袍子里掉出,落在雪地上。神父相信了他,于是,那里建起了瓜达卢佩圣母殿,墨西哥最大的圣地。

一九七一年我参观此地,只见圣坛上有个金框,展示着那个印第安人的袍子。整个建筑的一端,连同其拱顶、游廊、钟楼和台阶都在下沉,如此一来,从其正中门阶经过,你要往左爬上台阶,再从正中下到右侧进入瓜达卢佩圣母殿。地板、护栏,奇异地挤迫着参观者的手足,教堂一边的雕像微微剥离于墙壁,悬荡于半空。每年的建殿日,大批民众都会聚集在教堂前面巨大的有防护栏的广场上。一根根柱子扎进石铺地面上的大洞,一顶帆布大篷竖立于其间,大篷底下是为这几日庆典而前来的全国各地的朝圣者。他们带来草编摇椅、折叠刀、吊床,倒上酒,在手掌上抹上盐,舔口盐,就口龙舌兰酒,或者,在膝前轮番抛掷两顶阔边草帽,一路跪行至瓜达卢佩圣母殿入口。这一年一度汹涌的人潮中总少不了人身伤害,在这个显示忠诚亲密的时刻,曾发生过挚友杀害挚友的事件。墨西哥报纸最近有一则报道,一个出租车司机在某天早上遇害,他停车去探望一个朋友。他像往常一样在朋友家门口揿响喇叭，朋友出来，亲了亲司机，说：

"等一下，我去拿把刀，我要杀了你。"

出租车司机等着他；他朋友拿着把刀回来，真的杀了他。

一九七一年的一天夜里，我饭后独自晚归，脑子里想着出租车司机和他朋友的事。我在死寂的夜晚穿过查普特佩克公园，满地水塘，一片漆黑。但是，没有什么好害怕的。这个巨大的异国城市在我四周伸展开，在七百万墨西哥城人中，并没有一个爱我的人，我是多么地安全。

科尔特斯的第三条论据，显而易见，依然成立。

扬·利普卡

（斯洛伐克）

扬·利普卡是斯洛伐克作家和历史学家。他移民德国，在雷根斯堡大学做讲师，他所反对的捷克斯洛伐克共和国解体后，他执教于著名的波苏恩学院。他写过一部斯洛伐克文学史和两部小说。他的作品由布拉迪斯拉发的斯洛瓦特和彼得鲁斯出版。彼得鲁斯为他出版过一部豪华版散文。他随身携带一个小酒杯，在捷克、德国和斯洛伐克的小客栈里喝最差劲的白兰地，他也会把这些不带劲的玩意儿倒进他的重型雅马哈摩托车的油箱里。有时候，他会戴着头盔，一身机车服走进教室，学生们管他叫"外星人"。他帮助我在德国出了第一本书。他娶了卡尔·克梅奇教授的前妻弗兰齐什卡·克梅奇。二〇〇六年，他死于一场交通事故。

双管手枪

那是在十八世纪的二十年代，有一年冬天，杰尔神学院的看门人在等待第一场雪的降临，他逮到一只硕大无比的雄鹅，拔下它顶顶厚实和漂亮的三根大羽毛。他把羽毛放在壁炉架上烘干了几天，每天都会去闻闻，看看大鹅腺体里发出的臭味散了没有。春天说到就到，他来到要塞大墙底下的河边，感觉那里温度刚好。天气不冷不热，气温适中，各种气息强烈而鲜明。看门人坐在岸边，发现一朵蘑菇，闻着它的气味，琢磨着它是怎么长出来的。这当儿，他知道时机到了，那几根大羽毛"熟了"。

他择取一根，用一把锋利的小刀将其修齐，从中部将羽尖削掉。然后，他用一根烧红的针刺过羽尖削掉后留下的洞眼，羽毛笔就成形了。最后，他用蜡线将削掉部分上方的羽毛缝合，这样写字的时候就比较好握：手指不会在笔管上打滑，就不会沾到墨水。他走进那间大教室，也就是一个小小的木头装饰的会堂，坐在院长的书桌旁。桌上放着一只墨水瓶。他把新做的笔在里面蘸了蘸，在桌边划拉了几条线，立马又用袖子擦掉。这支羽毛笔很好使，书写流利，看门人检查过了，虽然他目不识丁。他把书写工具放好，四下里看了看，偷偷摸摸地徐徐掀开桌盖。里面躺着把枪，和昨天那把一样。据说是用"生铜"做的。它有两根枪管。就在这时，他听见门口响起了脚步声，于是飞快地合上桌盖，起身告诉院长新的羽毛笔大功告成。

走进会堂的是两个人。院长让客人先进屋，在门口艰难地给他让道，因为这位客人生得矮矮胖胖，一门心思只想把他那顶硕大无比的假发塞进门来。假发的发顶是个假秃头，装饰着缎带，铺满了维也纳金粉。来访者一副来自大城市的最时新的打扮。他穿着昂贵的罗马天主教神父的行头，指甲涂得很漂亮。

走廊上有一支小合唱队在恭候他们——六名十二岁的学院学生唱起《感恩赞》，院长和他的客人跪下，祈祷。随后，他们走到餐厅，看门人端出一锅刚刚煎好的鹅肝，还有切得跟头发丝一样细的卷心菜。他为两人在马口铁杯子里倒上了啤酒。

再度只剩主客二人时，客人压低喉咙问主人：

"院长博学多才，德高望重，著述等身。请赐教，是否存在一种与我们所处的时间相平行的时间？"

"我相信有。每个人都是一个平行的时间。"

"那么他什么时候死？我每天都死一回。每天晚上，一次小小的、惯例的、暂时的死亡。日常的死亡。您怎么看？"

"人是永远不死的。他的时间永不完结。那就是他死后留下的所有……"

* * *

就寝时间一到，看门人便带着客人去了事先为他准备的房间，屋里有皮枕和羽绒被，他帮客人洗去脸上的维也纳金粉。他给客人宽衣，临走前告诉客人，给他准备了书，要是他不看了，就打铃，他会过来熄灭蜡烛。

客人躺下，突然问道：

"你注意到今天就是那个日子吗？"

"哪天？"看门人问，暗自奇怪。

"今天的天气不冷不热。各种气味强烈而鲜明。你闻得到万物的气息。我告诉你这个，你便可以利用这一时刻追踪一种在其他日子里寻觅不到的气味……"

看门人目瞪口呆。他小心地叠好客人脱下的衣服，闻了闻。因为气味在此刻"复元了"，这气味强烈而鲜明。它发出充满某种敌意的汗臭味。服侍完毕，他默默欠身，离开了房间。客人还在读书，看门人上床了。

就在那时，院长秉烛走进会堂，将蜡烛置于桌上，取出那支新做的羽毛笔和两张纸。他坐下来，准备用一手漂亮的拉丁手写体写下他那部已成熟于胸著作的标题。但是，他没有将羽毛笔探入墨水瓶，而是将它插进他袍子的孔眼，他再次打开书桌，取出枪，那把双管手枪。

过了一会儿，看门人听见从客人住的那间屋子里传出两声枪声，其间有短暂的停顿。他跑过去，发现院长和客人都倒在血泊中，死了。客人躺在皮枕上，院长依然将那支羽毛笔藏在他袍子的孔眼里。两根枪管还在发着恶臭。

在叫来衙门里的人搬走尸体之前，看门人从尊贵的死去的院长身上那件袍子的孔眼里取走了羽毛笔，走到会堂，把它放回书桌。

小说选或当代世界故事集

爱德华·海于格森德

(挪威)

挪威作家、大学教授。他以爱尔维修为笔名出版过畅销书，一位法国出版商曾就此对他说："不要怀疑。你得名，我们得利！"奥斯陆的报纸连载过他的言情小说和犯罪小说，这些小说都出过单行本。他的《笼中鱼》《无甲》等被译成三十三种文字。他的挪威出版商是奥斯陆的索吕姆出版社。他有五顶假发，每天都乔装成不同的人。他这样界定短篇小说和长篇小说的区别："短篇小说里的句子互相依存的很少，而在长篇小说里，互相依存的句子根据文本的篇幅相应地要多。长篇小说起源于史诗，所以最早是以诗歌形式呈现（《吉尔迦什美》，荷马史诗，不同语言的民间诗歌等）。短篇小说的出现早于长篇；它发源于口头文学（民间传奇，口头传说，轶事，谚语，谜语，情景再述）。"

二〇〇五年他死于一场空难。据说他留下的那只驯化过的渡鸦会朗诵优美的诗句，而这些诗句的作者已无从考证。

穿越峡湾之旅

"你觉得，我要不要同布鲁梦达结婚？"我问我的同学达尔。他肤色黝黑，长得像拉丁人，抽大麻。

"这种问题的答案，古已有之，颇有道理。"他回道。

"此话怎讲？"

"古时十字军东征，打的是解放基督圣地的旗号；在此之前，维京人征战劫掠，打的是出海的名义；匠人在安定下来专事手工业之前，会在'学徒时期'漫游欧洲大陆，他们干的都是同一件事。"

"什么事？"

"他们远行，征伐，漫游，是为了让自己变得'荣辱不惊'，变得成熟，去偷东西，挣经验，变得粗犷皮实，在要做出如你这般抉择的时候派上用场。那样一来，选个姑娘做老婆就是轻而易举的事。"

"那我该怎么做？"末了我问道。

"效仿先人。你就开着你的车，从一个峡湾到另一个峡湾环游挪威。沿途你得顺手牵羊点儿什么。什么都行。小玩意儿：围巾，手套，朗姆酒。不管什么。"

"这得多久呢？"

"直到你荣辱不惊。"

"我怎么知道我什么时候荣辱不惊了呢？"

"除非你做到某种梦，否则你是不知道的。直到你梦见了一条黑犬、一只白猫，还有一只公鸡，你再回来。就那么多。别忘了你还得顺些东西。"

我惊愕莫名，但是布鲁梦达人靓乳丰，一头如云秀发用带子扎起。于是第二天，我准备了些吃的，脖子里用链子挂了个由某种动物的骨头做成的丰饶角。这个角是当杯子使的：在桌上放不了，必须手拿着。当然，它尽可能总是装得满满的。我同我的狗"硫磺岛"道别，同布鲁梦达道别时我没有透露旅行的原因，就出发了。

*　　　*　　　*

我一路驶向卑尔根，在那里搭船。船驶出埃德峡湾，一驶入外海，人们就开始狂喝豪饮。很快，整艘船都醉了。我是第一个不省人事的。我的丰饶角表现得棒极了：总是斟得满满的，要么是朗姆酒，要么是威士忌，要么是伏特加。我神志不清地躺进了一间舱房，也不知道是不是自己的，就睡过去了。很快我又醒了。我梦见被我留在家里的"硫磺岛"也躺在被子下面。天明，我终于清醒了，发现自己是在别人的舱房里，我在床头柜上发现了假牙和一本书。书我带走了，因为它的书名非同寻常：《挪威来信》。我看到里面有关于峡湾的描写，想来对我有用。还有，这会儿我得给布鲁梦达写信了。我一直都是阅读、书写同步，因为我确信这些文字都是不请自来，绝不会迷失的。也许在有些人看来这很怪，但我就是能做到同步读写。我的思路可以一分为二，各行其道。如果我是一位音乐家，一边演奏格里格，一边阅读摊开在乐谱架上的易卜生戏剧肯定不成问题。于是我拿出手机，给我的女友编发一封情书。和平常一样，我一边写，一边读书里的内容。我读到了和我们停靠的这个峡湾有关的那部分。书里写道：

"向前,即到达埃德峡湾湖,接着就会看到著名的沃尔令大瀑布,博雷亚河从一百七十米的高处势如破竹飞流直下,汇入一口四面围着巨石的窄锅。远远地便能听到咆哮声,待你靠近,会震惊于眼前这幕,感叹挪威的山川何等壮观……"

于是,我一边写着情书,一边读着关于埃德峡湾湖的文字。确认对方已经收到消息后,我四下寻找书中描写的湖水和瀑布的景色,但什么也没看到。我一定是位置不对。

我是最后一个驾车离船的,也就是在那个时候我想起来了。"硫磺岛"是黑毛。这么说,我已经完成了一部分任务——第一晚我就梦到了一条黑犬!乖乖!

我掉头,登上另一艘北上的轮船,我又喝得酩酊大醉,故伎重演,一头倒进路经的第一间舱房。屋里躺着一个女人,但她已经睡着了,所以我们各自认为是在"自己的"床上,那晚各睡各的地儿,各盖各的毯。天明,她已不见人影,我在口袋里找到了那本书,微微有些惊讶它怎么会在我兜里,后来想起来了。就在那时,我意识到这书是自己前一天偷来的,由此得出结论,我的任务越来越顺手了。一次顺手牵羊,一条梦中的黑犬!我已经完成两项任务!我看了眼手表,还很早,我眺望窗外让自己清醒一下,窗外发生了某种不可思议的事情。透过圆圆的舷窗,我看见岸边有个村庄,山上有片树林。几个盗贼从村里偷了一群牛正往山上赶。说时迟那时快,村里有人大声放起了音乐。格里格还是西贝柳斯,我吃不准。听到音乐，牛群立在那里一动不动，转身飞奔回村，任凭偷牛贼破口大骂。

之后我清醒过来。我拿出手机，给布鲁梦达编辑一条情书，和往常一样，一边读着我的（不是我的！）书。我读到了轮船前方的那个峡湾，船之所以行至此地，是因为我们又回到了卑尔根，那是松恩峡湾。

"该峡湾侵入内陆一百到二百千米，也有超过二百千米的，似河流一般蜿蜒流淌。但是在许多地方它宽阔浩瀚，让人感觉如同汪洋大海……峡湾很多时候是无边无际的水域……"

我写得舒服，读得带劲，白天过得也很惬意，但到了夜里却毫无睡意。根本没有机会梦到一只公鸡或是一只白猫。我回味着情书的大部分内容以及从书里读来的描写，断定前者要是私底下约会时说，后者出现在电视节目里，而非通过手机和书籍，岂不省事得多。

我的脑子一片混沌，到了斯彻达尔，我放下酒杯，驾车离船，在当地一家名叫"黑马"的旅馆订了一个房间。要是它叫"白猫"就更好了，我这样想着，上了床。那晚睡得很香。头一回睡得那么好。没有喝酒，也不是在摇摇摆摆的船上，而是躺在一张坚固干净、铺着同餐厅桌布一样的红格子床单的床上。我梦见了布鲁梦达。或许是那些情书的关系，她对我充满了情欲，她抱着我，那晚我们酣畅淋漓。我只记得从始至终有个东西硌着我们。有个东西在我们中间不停地偷偷扭动着。天明，我下去吃早饭，坐在铺着我前面提到过的格子桌布的餐桌旁，突然想起了这个梦。我想起了是什么东西在我们缠绵之际硌着我们。是布鲁梦达的猫"莱卡"。我恢复了元气，拿出手机给布鲁梦达发消息，与此同时照例把书摊开在格子桌布上，看看这天将要游览何地。我们的下一站是于特拉河。

书还没看完，给布鲁梦达的消息也还没发完，侍者来问我午饭想吃什么。我这才意识到自己起晚了。

"你们这有什么？"我问。

"狗鱼冻。"

"那是什么？"

"将鱼子浇在煮沸的狗鱼上一起炖，等鱼凝成胶冻。"

"怎么做呢？"

"简单：把椅子翻过来，把一条餐巾系在四条椅腿上，把装了鱼的碗塞到底下，通过鱼上面的餐巾来滤汁……我们再将其冷却。"

吃着吃着，我想起来布鲁梦达也是这么做狗鱼的。我曾经在她家吃过，但当时不知道自己吃的是什么。我把叉子放回盘子。布鲁梦达的"莱卡"是只白猫。毛色纯白，不掺杂色。也就是说，我梦见了一只白猫！不费吹灰之力一下子就完成了四分之三的任务，因为除了梦见黑犬、白猫，顺手牵羊这事也成了。除非你不计那些好玩的细节，实际上一切都在出乎意料地进行着。只剩下梦见公鸡了。怎么梦，我不知道。梦见公鸡可没那么容易。

纸剧院

*　　　　*　　　　*

经过漫长又无意义的漫游，从一个峡湾到又一个峡湾，读了一本令人厌倦的书，我发现自己到了最北端一个叫斯泰恩谢尔的峡湾。如果我没搞错的话。我不再离船上岸。我们在船上的餐厅用餐，吃蘑菇炖小鸡，或者差不多的东西。我边上坐着一位看不出年纪的女士。她鼻子两旁各有一只眼睛，下巴上是一张嘴。

"这小鸡很不错，每天吃鱼都腻了。"我没话找话。

"这不是小鸡，"她答道，"这是白葡萄酒腌公鸡。腌制得很好。"她加了一句，说着，从手提包里拿出一个长颈瓶喝了一大口。

那晚我胡吃海塞。造孽啊。我在床上翻来覆去睡不着，苹果，阿司匹林，都救不了我的宿醉。拂晓前我终于睡去，梦见被我们吃掉的那只鸡从银色的盘子里飞起来，试图要把我的眼珠子啄出来。

我大汗淋漓地醒来，突然间开窍：为什么，我终于还是梦见了一只公鸡！一只烤过的、被人吃的鸡，但总之是只公鸡！白葡萄酒腌制的！我高兴地打起鸣来，决定回家。这本书预告下一站是奥达斯峡湾？没用了。用手机传递我对布鲁梦达的爱？白费力。再也没有什么能阻止我做出决定，娶还是不娶。到了奥斯陆，回到家，我决心已定。

我决定不和布鲁梦达结婚。原因很简单也很有说服力。她已经嫁人了。在我漫游峡湾的日子里，她同我的朋友达尔结婚了。

伊西多罗·查克穆尔

(墨西哥)

　　查克穆尔是古代阿兹特克雨神的名字,他一直以来被描绘成一尊斜倚着凝望天空的雕像。伊西多罗·查克穆尔是当代一位西班牙语墨西哥作家的笔名。这位世人未曾睹过其真容的作家用此笔名在墨西哥、古巴和哥伦比亚发表诗歌作品。一九八九年,蒙特利尔的一个画展上曾展出过一个名叫伊西多罗·查克穆尔的人的画作,但是否为同一人不得而知。他出版过一本名为《雨神查克穆尔之死》的韵文小说集,此篇即选自该书。由六楼出版社出版。原文韵脚难以在译文中体现。

雨神查克穆尔之死

我听闻一个声音:记住你是如何死去。
那是我的声音,但
仿若在同另一个人诉说。
我记得。记得在我行将死去之时
在我生命中的某一天。
比起出生之日那天更靠近我的暮年。
我坐在帕努科河边一张破旧长凳上。

河的一边隆起一座绿草茵茵的山岗。
夜幕降临穿透幽暗
我看见一支橄榄球队正在训练。
他们不介意光线在暗淡。
我不在意他们在幽暗中看不见我。
他们在练习登山以求赢得速度。
他们已经拥有力量,力量还需驯化。
他们有六支队伍每队四人。
他们的上身穿戴有头盔和垫肩。
他们看起来好似宇航员。
他们的下身穿着自己的运动长裤,
因此这些腿五颜六色。
他们在起点以惊人的速度飞奔上山。
那身行头仿佛全副武装。
登至山顶有人尖叫用尽
疲乏双腿的最后一丝气力。
余者仅仅登顶而已,仅仅
想着如何返回山脚。
他们走下台阶
从山的另一侧。
但是他们总是要得更多。总是更多。
有个人训练他们,对他们提出要求。
不时地要求。他们爬山的速度越来越快。
他们比赛。有人落后,但没有人失败。

但总有人一直垫底。
我注意到红色裤腿的那一位,
他在比赛,可是表现不佳。
他一度跌倒。但,又奋起向前冲,终于
登顶。吼出一声
是哭喊也是喘息。我随即明白
他会无果而终。因为上帝
没有准允他全力登顶。
他将永远不能飞奔到达。
红色裤腿的那一位,弱于他人,
是我的儿子。结果证明就是。

卡尔洛·凯科宁

(芬兰)

凯科宁出生于瓦萨市的波的尼亚湾。他创作互动式小说，以及通常而言难以在二十一世纪前有立足之地的小说。小说集有《电子吻》《文身》以及《USB连接》。本篇即选自上述第二部，由赫尔辛基的塔米出版。他同十来只猫住在科科拉港的一栋滨水别墅。他为诺基亚公司设计激光和电视广告。他最爱的书是《如何在早饭后入睡》，在一次访谈中他表示，会带着这本书和两三只猫去荒岛。据传他有五年不曾脱下拖鞋。他所有的交际联系都是"卫生的"——通过电子设备。他使用手机的替代品，一种借助手提电脑的视听通讯。他于二〇〇六年遇害，死因不明，凶手是一个无名女人，至今逍遥法外。

文 身

金发女孩加拉，某天早上戴了三个戒指，一个是饰有圣甲虫形宝石的埃及金戒指，时时散发着柔和的光彩；一个是来自西班牙的冰冷的银色婚戒；还有一个是她曾祖母的，要是握手的时候把这个戒指上的海蓝宝石转向手掌，可就成了一个凶器。她就这样戴着三个戒指去了首都，就读法律学校。

她发现自己在大城市里就像别人的手套。乡村牙医出身的父母对比报价后，给她挑了一间大楼里的公寓，房子建于六十年代，年久失修，破败不堪。他们找了个工程队，开着挖掘机就进来了，重新砌了墙，给新厨房弄了垃圾处理设施，装了富士通空调，浴室里安了爵士浴缸；他们还给女儿买了新手机，帮她搬了进去。在法律学校，她很快就掌握了每个人的底细，但别人对她却不甚了了。哪怕是她那位穿轮滑鞋、剃光的脑袋上戴着潜水面罩来上课的男友也是如此。

时值天高气爽的早秋。每天一早，加拉臂下夹着上课做笔记用的东芝手提电脑出门，放学后，沐浴着阳光穿过公园回家。周末第一天，她在公园遇见了一个小伙子，那人从头到脚把她打量了一番。感觉好像他用目光在她的奶子上签上了大名。她的男友那天晚上第一次过来，领教了三个戒指压在身上的滋味，受伤了。他缩了回去，看着她。

"你有文身！"他说。

"我何曾有过，你在说什么呀！"

"你说没有过是什么意思？你的奶上有个首字母 N！"

她吃惊地低头看，一点没错，她的左乳上有个字母 N，像是用烧得通红的熨斗烙上去的。还有些刺痛。她想起公园里那个小伙子打量她的情景。但是，有一个问题她无法明白。她涌起巨大的空虚感。她反应还是很快，说道：

"为什么不可以？那是你名字的首字母，尼古拉斯！"

他奇怪地看着她。

到了早上，那个字母还是没有消失，几天后也是如此，之后也是。再也没有消失。

这事她和尼古拉斯都忘不了。尼古拉斯再也不来找她,她呢,为了自我疗愈,飞往塞浦路斯作七日游。她洗了澡,打算享受一顿海鲜大餐,却怎么也感觉不到饿。她相信饥饿感像园艺一样也需要培养。她望着波涛风卷残云般从海上翻滚而来,惊涛拍岸时,连脸颊也能感受到。她裸露的肚脐上打了个脐钉,就像德国网球锦标赛上的小威一样。也许那就是为什么有天下午,一个穿红衬衫的老头在街上盯着她的肚子看。当她感觉那块皮肤刺痛的时候,他已经从她身边走过去了。她低头看——一个字母O像邮戳一样盖在她的皮肤上。身上留烙印的事情又发生了。她气急败坏地去追穿红衬衫的老头,试图拽住他毛茸茸的胳膊,却被一把甩开,很明显他是个游客,于是她用英语对他说:

"你伤害了我。瞧瞧你在我身上干的好事!"

老头惊讶地四下里看了看,用她的母语大声嚷道:

"加拉,你又来塞浦路斯干什么?"

可怕,因为这是她平生第一次见到这个老头。她挥挥手,转身离开。下意识地,她看了眼手表。16:16。她再度涌起某种空虚感。

"我这事是不是一直都发生在16:16?"

* * *

到了下一个周末,加拉仔细挑选了内衣,和朋友一起到街上喝茶，那家咖啡馆的过道是玻璃地面。她想和他们聊聊自己的假日历险。一行人进去，落座。上楼的时候有几个男人透过玻璃楼梯饱览她的裙底风光，她还挺受用。有个女人也盯着她的裙底，而正是这个女人的凝视在她皮肤上留下了印记。她觉得有什么东西在她裙子底下叮了一下。她掀起裙子，大吃一惊，只见大腿上出现了一个字母 K 形状的新疤。她立刻起身，下楼，朝一个穿绿色毛衣、正独自喝茶的女孩走去。她走到女孩桌旁对她说：

"你偷窥我的裙底。"

"是的。你穿的是舒雅衬裤。你穿得很合适。"

"你伤害了我。"

"对不起。不过，你干吗反应这么大？"

"我不是反应大，我是受不了了。瞧，看看这儿。"

加拉掀起裙子，在塞浦路斯晒成小麦色的大腿上，穿绿毛衣的女孩看见一个形状像字母 K 的疤痕。

"你在自己的腿上贴了个字母。"陌生人说。

"我没有。问题就在这儿。是你干的。还有点肿呢。当我是只小鸡呢。"

"我？用我的眼睛？你懂啥，扯两句给你听听。所有的人到了二十一世纪都有了自我发现。有的人开足马力，干劲十足，有的人止步不前，尽管生活在二十一世纪，却死于二十世纪，对于另一些人来说，二十一世纪是用来展示他们像渡渡鸟一样的过时、愚笨。你属于哪一类？或者，你是想跟我吵一架？"

"我不是跟你吵。这事落我身上不是第一次了。我之前就被烙过印。我身上全是字母。我的胸上有个 N，肚子上有个 O，这会儿大腿上是你的 K，赶明儿我就要突变成字母表了……我男朋友就因为我一身的烙印和我分手了。"

"让我们来消化一下你的故事。这事一般发生在什么时候？"

"什么叫什么时候？当有人看我的时候呗，就像你刚才那样，刹那间的事。就是有点刺痛，然后字母就在我身上了。我就要变成一本会走路的识字课本了。我身上伤痕累累。"

"我不是这意思。今天星期几？"

"星期五。"

"你受伤的那些日子呢，都是星期几来着？回忆一下！"

"我想想……对了，都是在周末。是的，都发生在星期五，很有规律。难以置信……至少这会儿我明白点什么了。到下周五再观察一下。"

她瞥了眼手表。

"这就是说，这件事总是发生在周五的 16:16。谢谢你的这个发现。"

"要是还能帮上什么忙，请告诉我……男朋友的事好办。我给你介绍一个小蜜糖。还是个雏。我倒是乐得自留，但是你要知道，我不和男人上床。我介绍给你。人们管他叫'王子'，因为他看起来就像骑在马背上的青铜雕像，那玩意儿每个镇上的戏院前面都有。"

于是，第二天，加拉、绿衣女孩和那个"王子"就一起出去喝饮料。男孩很讨喜,坐在那里,留着从没剃过的卷曲的胡须,红褐色的皮肤仿佛生了锈一般。他早熟,发育得很好,才十三岁,也不抽烟。他吃爆米花,从头到尾都没吭声。加拉邀请他上门,荒唐地为"王子"订购了一个木制水槽,装在浴室里,还给他买了三个坐垫,在给他准备的那张椅子的靠背上放了个网球拍,虽然她并不打网球。

那天夜里,她梦见下雨,她的雅马哈钢琴发出一股剪了毛的羊的气味。在她准备敲击琴键的时候,鸟群从钢琴里飞出来,飞进别人的梦乡,给她的梦境留下一片死寂,将白昼凝结成一串凝固的夜晚……

第二天下午,"王子"来到她家。她准备了白鱼子,有九种食材的芝麻沙拉,还有在结冰前夕捕来的饿着肚子的冬鱼。不过,吃饭时间还早,她请他在桌边落座,给他煮了咖啡,但他说不喝。她有点不知所措;他看上去比在咖啡馆里还要俊美。就在这时,他的汗衫里传出音乐声。

"你兜里揣着李斯特吗?"她笑着对他说。他拿出手机,关了。他们相对而坐;她碰了碰他的手,说:

"据统计,人一生大约做爱两千五百次……一生用于亲吻的时间加起来有两周……"

他检视着她。两颗贝母似的眼珠盯着她。就在那时,她感觉有什么东西在她右乳上咬了一口,不由得叫出声来。

"你在对我做什么?"

她解开衬衣,看见身上有个字母 I 形状的红印。

"你也太放肆了!我又不是牛群要打烙印!"她说道。

他完全蒙了，起身，嘟哝了几句含含糊糊的抱歉的话，逃离了她的公寓，也逃离了她的生活。她瘫倒在桌上，哭了起来。

"这东西叫什么？挫伤，印章，烙印，疤痕。一个字母。管它叫什么，只要是最后一个痕迹就是了……"

这不是最后一个。最后一个出现在下个周五的下午。

*　　　*　　　*

周五那天临近下课。教授透过窗户，凝望着这一年最后的晴日，用疲惫而干巴巴的嗓音说道：

"有一些法律案件，它们在司法诉讼上是例外，结果出乎意料。我给你们举例比照一下。好比分娩不顺利的话，就会采取外科剖腹产手术，自然，这个问题就调头转向了，当发现某种反常的、意外的事实会给这个有违所有预期的案例带来合法的补救与解决时，司法体系同样认可案例。举一个古希腊的例子。历史上有个著名的奇案，一个希腊雕塑家被控在制作雅典娜神像时偷工减料，少用了金、象牙还有其他一些贵重材料。由于雕像早已完工，矗立于城中，原告确信，被告将无法自我辩护，必须给予赔偿。出乎所有人意料的是，在雕塑家的展示下，雕像的每个部位是独立、可拆解的，可以像剖腹产手术那样将其拆解成零部件。他从雅典娜雕像上拆下用金子和象牙制作的部分，将其称重，从而证明了自己的清白，因此也没有赔偿……"

那天放学了,学生们走下教学楼大厅那宽大的楼梯。他们行色匆匆,因为午后灿烂的阳光在等着他们。一天的午后,既不会让人想到昨日,也不会去想明天,它就属于当下,这就足够了。加拉穿着一件无袖裙,一蹦一跳快活地下楼,就像手指划过琴键一样。就在这时,她感觉右臂有一种刺痛,定睛一瞧,惊恐地发现那里出现了一个字母 A 形状的疤痕。她环顾四周,看见肇事者就在身后,一个与她同龄的学生,克里斯托弗·伦斯。他透过胡子笑着,就像透过干草一样,他盯着她看。她已经受够了。

"我要控告你肉体和精神伤害,向我赔偿损失,我可以出示你在我皮肤上弄出的字母 A 形状的疤痕。"

"办不到,因为你还没开口就会输了官司。"

"你怎么知道?"

"我知道,可你怎么会不知道?"

"知道什么?"

"是有人花钱叫我这么做的,你把自己当成什么了。你感觉不到痛的。你既不是一个合法的,也不是一个自然人。没人告诉过你,你根本就不存在吗?"

"你在耍我呢。"

"没有。戳我的眼睛,你就会明白。"

"我可没疯。我是律师,我知道这会有什么后果。"

"你不是什么律师,你什么也不是,就是一个被调成可以随意走动的激光玩偶。你和诺基亚手机做的电视广告一样,作用就是你身上那几个字。读读看。清清楚楚写着 NOKIA。每周五16:16会通报你的位置。其余的时间你就像移动的广告一样四处走动，吸引人们购买这种无线通讯设备……"

听了这番话，加拉去戳陌生人的眼睛。没有流血。她的手指越戳越深，但他只是望着她，透过胡子笑着，就像透过干草一样。

随后，他挥手叫她走开，像穿过雾一样穿过她，走下楼，走向街道。

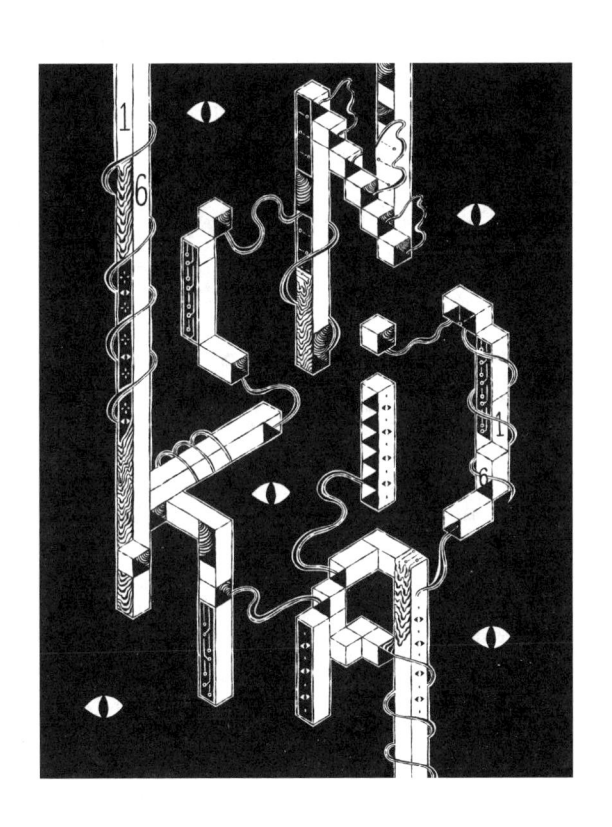

瓦茨拉夫·塞德拉切克
（捷克共和国）

塞德拉切克生于比尔森。上世纪七十年代在布拉格学习新闻和电影导演。之后一度任驻莫斯科记者，后驻柏林。他拍了两部极为小众的影片：《犬吠时间》和《失落的鞋底》。他以笔名"射杀"创作了一些短篇小说，但未曾汇编成书。这些小说由一位俄罗斯出版商译成俄文，做成手机阅读版。他在布拉格的奥登出版社匿名出版过一本书。有目击者称他将有关他电影的剪报铺满了家里的浴室。他对一家布拉格出版社表示他会永生不死。他于去年离世。

布拉格极简史

"去过布拉格吗？"

"没有。你呢？"

"我出生在那里。"

"我真想见到布拉格。它美吗？"

"十分钟后你就见到它了。我给你讲一个布拉格的故事，等火车一到站，就讲完了，你可以自己评判。"

"你认为火车会晚点，所以才有时间给我讲布拉格的故事?"

"不,火车会准点。我要给你讲的是布拉格极简史。"

  这是一天中昏昏沉沉的时刻。下午三点半左右。没有下雪,跟这会儿一样,相反,铁轨烫得都可以在上面煎香肠了。时代的车轮驶进了一九二〇年。空气中弥漫着干草和沥青的气味。太阳在炙烤,仿佛有话要一吐为快,但在布拉格郊外的这个小站(此站快车不停),却并无话题可谈。只有两个人坐在月台出口处两旁的长椅上。既然他们在这个点出现在那里,想必都是在等待开往克拉德诺的慢车。他俩坐姿随意,就跟你我一样,只不过他们来自布拉格,而不是像我们一样要去往布拉格。他们当中那个较矮的,戴一顶帽子,另一个呢,脖子奇长,硬挺的白领子上系着领结。前者也许是个牛贩子,后者,从那身衣服和条纹裤子来看,兴许是个经纪人或者银行职员。两个人在默默地流汗。接着,其中一个,戴帽子的那位,掏出一块在廉价"科隆香水"中浸过的格子手帕,抹了抹脖子。

  "热啊。"说着,他摘下了帽子。

  "是啊。"另一位说着,跷起一双长腿。

  说完,高个子脱下尽管酷热却还穿着的马甲,取出怀表。表很烫,但还在走。他看了下时间,合上,放回兜里。另一位扭过头,看了看车站那只有气无力地发着声响的黑框大钟。它一格一格嘎嘎地走着。滞闷的空气中只听到单调的咔嗒咔嗒声。

"还没到。""没有,还没到。"

说着,小个子从兜里掏出一个军用水壶,猛喝了一口。另一位望着车站上挂着的花篮里干枯的花朵。

"我寻思这会儿就要来了。"他说。

"是啊。"

汽笛声从远处蜿蜒而来。火车到站了,戴帽子的那位上了节半空的三等车厢,高个子、穿硬领的那位上了节空荡荡的二等车厢。如此这般,两个人都往克拉德诺而去。

"然后呢?"

"结束了。"

"你在搞笑吧!"

"我没在搞笑。这是真的。他们中的一个是弗朗茨·卡夫卡(1883—1924),《审判》的作者,另一个,也是来自布拉格的,是雅洛斯拉夫·哈谢克(1883—1923),写了《好兵帅克》。"

小说选或当代世界故事集

圣地亚哥·卡扎雷斯·希尔
（西班牙）

S.C.希尔是一位匿名作家，他住在萨拉戈萨，用西班牙语创作短篇小说、散文和传记。他于二十世纪末、二十一世纪初在马德里的阿纳格拉玛、埃斯帕萨-卡尔佩和阿卡尔文学出版社出过著作。他并不重视自己的书——如《无边的夏日》《失明》以及散文，这些散文中有一篇就是关于戈雅的。他在他饲养的俄罗斯母狼犬身上投入了很大的精力，帮它们抚养幼崽。在首都媒体《世界报》的一次访谈中，他表示，在电脑上作画是令他最惬意的事情。

一天夜里，弗朗西斯科·戈雅……

一天夜里，宫廷画师弗朗西斯科·戈雅（弗朗西斯科·何塞·德·戈雅-卢西恩特斯）在画室里待得比平常要久些。他把海狸毛画刷在塞维利亚玻璃制成的调色盘里蘸取了黄色颜料，因为他梦见一个怪物击打着他的画架和上面的画作，还扼住了他的喉咙。他记得梦里那幅画是蚀刻铜版画《斗牛》，他是在波尔多入睡的，但那个梦发生在萨拉戈萨。[①]

"你是谁？"戈雅用尽力气才问出一句，因为舌头上像是系了一只活乌鸦。

"你是谁？你是谁？"画家呜咽着，舌头几乎动弹不得，因为系在上面的那只乌鸦正扑棱着翅膀。随后，梦里的那个怪物松开了他的喉咙，说：

"我是你的魂。你认不出我吗？"

戈雅很害怕，为了保护自己不再被扼住喉咙，他拍打怪物，拼命要让自己醒过来，却又不得不在梦里再留一会儿，因为就在那时，发生了一件重要的事情，对于一位画家来说，却是不能错过的。也就是说，即使是在梦里，戈雅也仍然是画家，像画家一样观察，尽管做梦是闭着眼睛的，所以他并没有看见什么。话说他反击了这个自称是他魂魄的怪物，怪物转身离去，就在这时，戈雅看见了那个东西。他发现怪物的袖子（管它穿的是什么呢）上有一块色斑。那是黄颜色。那块黄色击打着他的画作和画架……他的魂魄被染成了黄色。

戈雅醒来，发现天已破晓，但他是在波尔多，不是在萨拉戈萨。他想：

"从今往后，我要时时留意那些袖子带黄色的人。他们可能就是我的魂！……"

"我的魂？"他还戴着梦中的天鹅绒睡帽思考着，"难道我和犹太人一样，有三个魂？不管怎样，我们走着瞧吧。灵魂的事说不准。"

---

① 戈雅（1746—1828），西班牙画家，出生于西班牙萨拉戈萨，生命的最后四年是在法国波尔多的西班牙自由侨民法国中心度过的。

纸剧院

　　　　　　　＊　　　＊　　　＊

　　一天晚上，弗朗西斯科·戈雅发现自己来到了河边。

　　正是七月。在波尔多，黄昏时候的河岸舒爽、惬意得多了，戈雅平时会出门在河岸漫步。新长出来的那片林子比戈雅还要年轻。但是，走到某一处，会碰上附近集市上的鱼贩子正在扔弃从干净的、待售的鱼里挑出来的腐败鱼内脏。所以戈雅通常会远远地避开那个地方。但是，那天他朝那堆一路冒着恶臭的鱼内脏瞥了一眼。透过臭气熏天的秽物，有个东西让他大吃一惊。他看见黄的颜色。不仅如此，这块黄颜色就在某个人的袖子上，而"那个人"穿过恶臭，就站在臭气的中央，仿佛那里是必经之路。

　　"我的魂魄穿过恶臭是否就像走过一排荣耀的卫士？"他捏着鼻子想到。

　　一天早晨，弗朗西斯科·戈雅已经把这事给忘了。但随后发生的事让他又想了起来。那天，画室的女仆做了卷心菜和羊排。和平时一样，卷心菜加了辣。坐下进食的时候，戈雅发现盘子里有个黄色的玩意儿。可是，因为卷心菜太辣了，画家没在意，把那个"玩意儿"吃了下去。很快，他发觉嘴里除了辣得可怕，还有个难以下咽的东西。他用两根手指从嘴里把它扯了出来——一截袖子。他看着它，惊呆了。袖子上有一块黄颜色。

　　"我没把自己的魂给吃下去吧？"他这么想着，卷心菜和羊排都难以下咽了。

这下可怎么也忘不了了。但是，戈雅无法预测下一次又是什么时候会遇见他的魂魄。它又会以什么方式出现呢。在一个多云的日子里，事先一点也没征兆，但戈雅明白这事又发生了。那天早上，市中心的公园里传出一记可怕的尖叫声，戈雅捂住了耳朵，但没有闭上眼睛。隔壁的院子里，有人正在阉小猪，猪那凄厉而强烈的哀叫声震耳欲聋。叫声中，戈雅看得分明，有几个袖子上带黄色的人走过去了。耳朵捂不住了，这尖叫声仿佛给他打开了一条通道。就像别的过路人那样，戈雅拐到了另一条路上，但是他知道发生了什么。他的魂又来找他了。

这是为何？

留下来的就是要画的东西，等着看将发生什么。

一天中午，戈雅感觉有一大群鸟向他飞来。他变得木然，他为西班牙发出一声深深的叹息，足以把人淹没。他来到栗子铺，买了一些栗子，烫得就跟炭似的。他想瞥一眼那些栗子，但是太烫了，没法看。这时，一只上面带有黄色的袖子悄悄地溜到戈雅的臂下，剥开一个，接着不管有多烫手，将其余的也都剥开了。戈雅转身，可是身后并没有人。他明白：我的魂魄显然可以穿越恶臭、尖叫、火焰、辛辣，并带着这些东西穿越我的身体，它可以借由这些在我面前显形。这些东西并非是它的阻碍，相反，使它得以四处游走。那么眼睛呢？视觉呢？我可是个画家！

一天下午，弗朗西斯科·戈雅再度与魂魄相逢。他正走过一条店铺林立的街道。他一边走，一边琢磨着怎么把俗语说的"活得越久罪孽越深"用绘画表现出来。这时，他发现一只带有一滴黄色颜料的袖子转过街角。他可以抄小路轻易地跟上它。小路空荡荡的，没有什么能遮挡他的视线，要是你的眼睛有能力穿透一栋房子，或是越过一道墙……但是，戈雅知道，他自己并没有转过街角，既然不在那里，一只转过街角、带有黄颜色的袖子也不可能被你看到。然而，他的确是看见了。

当然，一只已经转过街角的袖子你是看不到的。除非，你变成戈雅。

西梅翁·巴基什茨

(亚美尼亚)

巴基什茨是一位诗人,在中学教授亚美尼亚早期文学。他出版过一本用阿什哈拉巴语(现代亚美尼亚语)写的阿舒特诗歌文学教材。他曾用俄语为电台撰稿。短篇小说集有:《莽虎》《鼻子》。他娶了一个俄罗斯妻子。亚美尼亚还是苏联加盟共和国的时候,他每年都会造访一次彼得格勒。亚美尼亚宣布独立后,他继续为电台撰稿,但不再用俄语,而是用亚美尼亚语。他在乌尔塔出版社出版过一本书。离婚后,他仍与来自阿拉斯山谷的老女佣住在一起。他教她写字,后者成了他最好的学生,虽然论年纪足以做他的母亲。据说她写诗,也创作短篇小说。选摘的此文不确定是出自他还是她之手。他相信自己会于二〇〇七年去世,有两年的时间,在需要注明日期的时候,他都会在相应的地方写上二〇〇六年,而不是当下那年。他于二〇〇九年去世。

纸 剧 院

"你想玩演戏吗?"哈恰图尔问他姐姐。

"不!"她答道,哈恰图尔知道为什么。她比哈恰图尔大两岁,总是回敬一个"不"。所以,他只好自己先把剧院搭起来。他清楚着呢,等他摆弄好了,她就会跟他一起玩了,因为她心里想玩着呢。她总是动不动就摆出一副臭脸。

这段对话发生在维也纳的亚美尼亚圣灵修道院。对话的这两个孩子的父亲是修道院的摇铃人,也是这个圣洁家族开办的姆希塔本笃会会众刻印店的店员。他们是亚美尼亚人。孩子们所说的剧院是用纸做的,是哈恰图尔七岁生日的时候两个孩子得到的礼物。因为需要组装,所以哈恰图尔不得不费点功夫。舞台是仿照歌剧《后宫诱逃》的样式,不过哈恰图尔和他姐姐会把纸做的布景改造成游戏需要的样子。

首先,去过真实的剧院之后,他们把票子保留下来。按照当时的风尚,剧中男女主演会被画在票子上。孩子们把画像剪下来,贴在纸板上,拴上铁丝,用铁丝操纵人物在舞台上移动。这个他们拿来扮家家的纸剧院除了舞台,还有宽敞的大厅配一座通往上层的气派楼梯,还带一个房间,楼梯平台前方有扶手栏杆。即便所有东西都是纸做的,但无论是楼上还是大厅,倒是五脏俱全清清楚楚。它轮廓粗糙地模仿维也纳奥尔斯佩格宫的大厅与楼梯。实际上,舞台像极了这座城里众多的华丽屋宇,从某种程度上甚至也是他们所住的这座修道院。为了美化布景,孩子们加上了从刻印店的一张印刷品上裁下的十世纪诗人圣格列高利·纳雷克的画像,以及从教堂日历上剪下的圣尼古拉像。为了让纸做的布景更逼真,男孩还在剧院大厅画了一个书架。跟修道院刻印店进门处真正大厅里立的那个一样。他先数了数架上书的册数,共三十六册,刻印店里的不同版本都在这里了。然后，他仔仔细细地将它们复制到他那"袖珍"剧院的纸书架上。他边画边问他姐姐：

"这些书你都读过吗？"

"没有。"

"我不是说我在画的这些，我是说那些真的书。"

"所有的书都写在纸上。我还没读过呢。只要这些书是纸做的，我就不会去读。以后我会考虑考虑。"

"你想玩瞎子抓人吗？"一切准备就绪，哈恰图尔又问道。他知道他姐姐一准儿要说"不"，他等着呢。他已经盘算好，要让他姐姐为那些讨厌的"不"吃点苦头。

"我要教她说一次'好'，不管她愿不愿意！"男孩下了决心。

"不！"她口头这么应着，却抓起女人的小像往纸板上粘，准备要玩游戏了。

游戏内容就是她规定纸板男人怎么做，她弟弟不折不扣地依令行事摆弄人像。反过来也是一样：她得听从她弟弟的指令，摆弄她的纸板女人。

"我们玩捉迷藏吧。"她加了一句。

"谁先藏起来？你？"

"不！"姐姐说。

"我们藏在大厅里吗？"

"不，我们藏在楼上。"

她就这样不停地对她弟弟颐指气使，不给他一点机会在游戏里发令和说话。

"藏的人可以走左边的楼梯吗?"他问。

"不。他走右边的楼梯。"姐姐答道,弟弟(轮到他藏身)牵着他的人像登上了右边楼梯用彩纸代表大理石的台阶。

"现在他要藏在屋子里吗?"哈恰图尔想知道。

"不!"姐姐答道,"他打算躲在带栏杆的楼梯平台上。"

"可是那儿没地方藏身!"男孩叫起来。

"不对!"姐姐认为,他应该翻出栏杆,藏在那里。

"他掉下去怎么办?"

"他不会掉下去的!"她答道。

当她在捉迷藏游戏里发现纸板男人藏在楼上栏杆后头的突出部分,也就是她弟弟听从她的指令藏身的地方,她还帮了他一把,因为从栏杆外面返回到楼梯平台着实令人害怕,所以还要安抚他一下。对纸板人也是一样。姐姐证明了他不会掉下来。

"太棒了!"哈恰图尔暗自想到,趁她在帮助纸板人翻过栏杆,这会儿要是有人推她一下,她一准儿摔断脖子,因为她会掉落到大厅里。你只要把这个纸剧院的布景变成真实的楼梯和大厅就行。

好棒的感觉!他大声说了出来,决定付诸实践。

* * *

一天下午,趁着他们的父母都在睡觉,哈恰图尔问姐姐:

"你还想玩瞎子抓人吗?"

他正在修道院住处的大厅里,坐在一块亚美尼亚地毯上,上方是一幅霍夫汉涅斯·图马尼扬①的画像。他知道他姐姐一准儿要说"不",他等着呢。然而,可真是异乎寻常,这回纸剧院并没有准备好,舞台也没有搭起来,他们粘在纸板上的剧中人还待在哪个抽屉里。

"不!"她说道,心下已有几分意识到这会是个不同的游戏。不会有布景和纸板人。是来真的。他们自己,她同她弟弟将是主角,他们住的地方就是舞台。

"我们玩捉迷藏。"她加了一句。

"我们是藏自己,还是藏纸人?"他机灵地问道。

"不藏纸人,藏我们自己。"

"我们藏哪儿呢,大厅吗?"弟弟问得很平常,他们并没有摆出纸舞台,所以询问的口气并不明显。但是,姐姐回答得干脆利落:

"不,我们藏到楼上去。"

"藏的人可以走左边的楼梯吗?"

"不。他走右边的楼梯。"姐姐答道,男孩(这次又轮到他藏了)动身了。这会儿,既然没有舞台和纸人,他便亲自登上右边楼梯真正的石头台阶。楼梯上挂着的,是来自阿博维扬的石版画,希尔万扎德在修道院刻印店里印好,裱进了金属画框中。

---

① 霍夫汉涅斯·图马尼扬(1869—1923),亚美尼亚作家、社会活动家,被誉为亚美尼亚的国民诗人。

"现在我要藏在屋子里吗?"

"不!"姐姐答道。爸爸和妈妈在里面睡觉呢。你要藏在带栏杆的楼梯平台上。

"可是那儿没地方藏身!"男孩叫起来。

"有,"姐姐认为,"翻出栏杆,藏在那里。"

"我会掉下去吗?我会害怕吗?"

"你不会掉下去。我会帮你,就像上次帮纸板人翻回栏杆里,叫他不要害怕一样。"

哈恰图尔迫不及待等着这个解释,翻出栏杆藏了起来。他等着姐姐在捉迷藏的游戏里找到他,吓他一下,然后,一等游戏结束,帮他平安翻过栏杆,返回平台。就在那一刻,他想着,就可以不失时机地推她一把。她一准儿摔断脖子……

他带着这样的念头站在栏杆后面窄窄的突出部分。接着,依照捉迷藏游戏的固有环节,姐姐发现了哈恰图尔,她把他往深渊一推,说:

"好,这次你掉下去了!"

* * *

经历了一个世纪的愧疚和两次世界大战,哈恰图尔的姐姐终于决定认罪。对着她已经二十岁的孙女,她喃喃道:

"你知道我弟弟哈恰图尔是怎么死的吗?"

"一个我从没见过的人怎么死的跟我有什么关系?"

那会儿,孙女正在用手机下载某个关于日本电子书的电视节目，不想说话。和许多人一样，她不相信书籍正在消亡。她不为此忧心。她害怕的是新的、将代替纸质书的电子书。她怀疑这有什么值得。做电子书芯片用到的水将会消失。

因加·乌尔乌

(丹麦)

丹麦作家因加·乌尔乌出生于欧登塞,或是本选集最年轻的作者。她是斯拉夫语专业出身,最初从事俄语和塞尔维亚语翻译,之后转行电视业,供职于丹麦头部文化中央电视台。她以索菲亚·布里特为笔名在各色杂志上发表过短篇小说。其中《月光中的斑点》曾获丹麦笔会奖。身为左派,她有时不见容于文学评论,但既然文学评论已不复存在,她也如释重负,并于二〇〇六年、二〇〇七年先后出版了两本书:《剧院随笔》和短篇小说集《并非来自丹麦的王子》。她的出版商是震源。她在今年前往埃及旅途中去世,没能见到她的最后一本书——关于那个并非来自她祖国的王子——的出版。本篇即选自该书。

全球变暖

烟静立不动。尼尔森小姐像看鬼怪一样看着它。她很久以前就对全球变暖问题感兴趣了。比起人们如今常在报纸上讨论这事儿要早得多。她成了这个领域名副其实的专家。互联网上涉及这个话题的讨论她都参与,不放过任何一条与之相关的信息。她怀着浓厚的兴趣观测天空,收听电台里播的天气预报,关注电视、网络上那些闻所未闻的干旱新闻，数天上的云，要是有的话，她沉浸于这些新闻报道，什么地球极性反转啦，什么热能早已渗透到地表以下二十厘米啦，严重的饥荒啦，不可避免的洪灾啦，或者冷锋，因为地球上的部分地区，比方说芝加哥就遭遇了球状降雪。她担心极地冰盖融化，预测将有天灾人祸，因为人们为找寻无旱无涝的土地，谋求更好的生存环境，却招致饥饿与疾病，地球由此将见证一个新的迁徙时代。她梦想着一种尚未被发明出来的智能服装，穿着能够保持恒温；她思考如何躲避夏日酷暑，害怕地球将会受控于夏天这一个季节，处于她的天敌——太阳——的掌控与监视之下。太阳风以及地球这颗行星无力供养三十五亿人（不过老早就超过这个数字了）这一事实明确地告诉她，我们神圣的天体在某个时刻将不得不重新振作起来，使混乱有序，其中，由于人类对自然生态系统的干预所造成的臭氧空洞绝非排在最后的问题……她完全同意一位政客所言，未来世界与过去迥然不同，在她看来，她能够清晰地预见未来，但没人相信她能看到。她想象有可能的最黑暗的事情。一场宇宙浩劫。

该如何靠她微薄的薪水应对这样的处境，尼尔森小姐思前想后，决定在夏天到来前，应该，假如没得选的话，买一顶上好的宽檐帽。至少能替她遮挡一点紫外线。既然收入捉襟见肘，所以有许多东西可以先搁置一边，尽管她觉得自己必得购置毛皮大衣啊，泳衣啊，那么之后单单买件泳衣也成啊。她在脑子里给这一切打着比方，好比她没有毛皮大衣，她已经有了一件泳衣，从前年开始……

也许就是这样,她立即跑去店里买帽子。她先逛了"Springfield",接着去了"Zara"和其他几家卖运动鞋的店。让她苦恼的是这些店卖的帽子仅能遮脸,肩啊、颈背啊等周围的一圈都遮不住。她开始流连于另一些有名的商店,一天下午,在一家运动器材商店隔壁,她看中了一家类似于古董店或者说出售舞台道具和戏服的店铺。她瞧见橱窗里那些宽檐帽,不正是她想要的吗?她走进店铺,店员一眼就认出了她,但她并不认识对方。

店员安德斯·阿格森先生的头发并不比他岁数多。有一次,他在咖啡店里喝咖啡、看报纸,邻桌是一帮叽叽喳喳的女孩子。他们身旁海天一色,碧空无云,外海静谧得如同透明的空气。女孩们在讲荤段子,笑得很大声。尼尔森小姐就在其中。她刚讲了个笑话,阿格森忍不住回头看了看她,这下女孩们笑得越发肆无忌惮。

她一走进店,他就想起那个笑话。笑话里说女儿背着她妈抽烟,因为妈妈反对吸烟。一天,一个男孩正在女孩屋里,妈妈突然杀了个回马枪。女孩催着鸣锣收兵,就帮男孩吹箫。就在那时妈妈推门而入,道:"安德茜娜,你在吸!"

*   *   *

"这位女士想要买点什么?"阿格森先生赶忙招呼。

"我想看看你们的帽子。我想要宽边的。"

"稍等,小姐。我们有高纱支和塔夫绸的。这些带装饰和水果的是天鹅绒、棉缎或者是丝绒的。"

尼尔森小姐试了一顶棉缎的,非常合适。阿格森先生又礼貌地递给她一顶类似"帕米拉帽"的女帽——宽檐,将一条透明丝带系于下颌,可以让帽子紧贴脸庞。

"完美!"他真心赞美道,"我们店里的这些帽子跟你都是绝配!"

"哎呀,这顶丝绒的要多少钱?"年轻小姐问道,得到的回答着实惊到了她。她赶紧道声抱歉离开了。

第二天,她克制住了自己。但接下来的日子里她实在按捺不住了。整整三个星期没有下雨,烈日似火,毒辣辣的,尼尔森小姐再一次出现在阿格森先生的店里。

然而,那天他不当班。接待她的那个年长些的浓眉男子无论是表情还是声调,都像在说:你还想来占便宜?

她有点窘,说想看看宽檐帽,老头子立马不客气地问道:

"你想要什么价位的?"

年轻小姐越发尴尬,结结巴巴道:

"什么币?"

"我们说的是欧元。"

"一百欧元左右吧。我钱不多了,因为我正在旅行,我就拿得出这么多。"尼尔森小姐谎称。

店员从橱窗里挑了一顶黑色的草帽递给她。

非常合适。

"多少钱?"尼尔森小姐想知道。

"两百欧元,"那人答道,又加了一句,"你想出多少?"

"一百二。"她结结巴巴。

"一百二?"他吃了一惊,"你不是说你在旅行,只有一百块吗?这会儿你又拿得出一百二了。这可不是真心想买吧。"

说着,他把帽子放回了橱窗,吹起了口哨,年轻小姐勃然大怒,奔出了商店,但到了外头她就冷静了下来,因为店员说得没错。她的开价是超出了她的本意。

阳光灼人,几乎可以在手掌上煎蛋了,不管情不情愿,第二天她又跑到那家店去了。这回是年轻的阿格森先生当班。

"我还以为你那天会回来买一顶的呢。"说着,他又给她试戴了一顶样品。她一言不发地接受了,并没有透露她又来过一次,那天是不待见她的口哨老头当班。她试了几顶老式的二十世纪的草帽,又试了上世纪流行的、戴在后脑勺的法式帽子。都非常适合她。她希望这几顶能便宜些。她留神不让阿格森先生注意到,小心翼翼地把帽檐翻过来看价格。

"这顶多少钱?"她问店员。他假装在查看价目表,报出一个两倍于标价的数字。

"要说这顶太贵的话,是因为宽檐的缘故,用料多。而平顶小圆帽边短,羽毛也便宜,或者这种大'头盔'式的帽顶,总之,这种钟形帽会非常适合你!"

"哦,不!"尼尔森小姐惊惧地应道,"我需要一顶能替我遮阳的帽子,挡住这个眼睛一眨不眨的金属一样的恶魔。帽檐必得足够宽。你没看见这会儿骄阳似火吗?非但晒不成小麦色,倒极有可能会晒伤。要不了三四个星期就出不了门了!你不信吗?"

阿格森先生镇定地说道:

"看这个！"他指了指一顶男式巴拿马宽边草帽，"不戴这个我不出门！"

"真的吗？"尼尔森小姐又惊又喜。

等到下回又来试戴，她再度惊讶于这个套路，就是那个店员将标价翻倍，这样一来她就无法在自己可接受的价位上下有所选择。

"一丝云都没有！"他对她说，他正准备下班，因为店铺打烊了，"也许你愿意我和你同行，我想给你看点东西？"

她迟疑了片刻，但他坚持说要看的东西就在附近，接着他领她去看那条街上的树。

"注意到那些树有什么问题吗？"

"是的，它们病了。"

"还用说。它们得了和你我一样的病。"

"什么病？"

"见光死。"

次日，尼尔森小姐决定再去一次帽子店。已经做过自我介绍的阿格森先生和她是一类人，同她有一样的担心。他们双双走出商店，她又什么也没买，因为价格惊人，他翻倍了不是，日头如此毒辣，于是他提议：

"与其在日头下暴晒，不如去阴凉地儿喝上一杯。我就住在下个拐角，二楼。我们避避暑，等太阳下山，你可以在我家喘口气。另外，我还有东西要给你看……"

她略作推辞，但面对承诺的阴凉和炙烤的大街，她也没什么好多想的，于是跟着他上楼。果然，家里很凉快。

"这就是我要给你的惊喜！"他低语道，打开了卧室的门。床上，画钩上，插在锁眼里的钥匙上，门把手上，衣柜上，还有扶手椅上，都是帽子。得有二十顶上下。都是她试戴过、极其合适，却无力购买的。

"都是你的！"他抱着她说。他的手指令人愉悦地凉爽。

下一次约会她就戴上了他送她的一顶丝质的宽檐帽。而他——却光着脑袋。他并没有戴那顶他宣称不离手的巴拿马草帽。她顿时醒悟他的兴趣并不在她深以为然的太阳斑点和太阳风暴，只在她。

她把这个视为背叛。她寻思：为什么男人这么蠢？

那一刻，这座城市的气温达到了四十六摄氏度，比有史以来温度计里的水银柱爬升的最高刻度高了十度。

智海朝

(韩国)

智海朝系韩国作家笔名，出版过数部著作：关于汉语韩语化的论著《汉文》，一部书名无法准确翻译成欧洲语言的短篇小说集，一部写给歌谣先驱的诗歌论著。智还编过一本以十二世纪著名诗人团体"海左七贤"命名的诗集，概述了从高丽汉诗（十三世纪）到时调和歌词（十五世纪）的韩国文学史。他从未归属于新小说新诗运动。他在朝鲜战争期间去世。作品被翻译成英文。本文主人公春香这个名字取自十九世纪一部韩国文学名著中的女主人公。

春　香

春香嫁与志远，居于滨海之城三陟。志远年富力强，有一手海中捕鱼的绝活；他还识文断字，将一把乌溜溜的须髭巧编成吏读①第五字符的模样；他长着一口皓齿，喜嚼鱼之骨。夫妻俩相敬如宾，恩爱有加。但常言祸福相生，阴晦隐疾犹如浮云游丝，谁又能觉察。

春香病倒了。初以为积劳成疾。于田间辛勤劳作，足浸于水所致。人们常说梦中光阴飞逝，梦觉黄粱。春香却觉得日长似岁,成日恍恍惚惚似于梦中,众人皆谓之病,而非困。昔日康健之时,春香自知大病将至,料想丈夫志远必不会离弃,不禁悲欣交集,倒不像她的夫君那样昼夜悲戚,人们又说这必是魔怔了。

这个病魔说来也无情。病中的春香梦见自己化为一男,娶了一位美貌女子,名唤中南。中南贪慕肌肤之亲。但春香有患,夫妻之事力不从心。中南告知其夫(实为病中春香),逢行房之时,如若讲述与其他女子云雨旧闻,则必得床笫之欢。春香虽然在病中,却也觉得困惑,于是无中生有,捏造平素花街柳巷香艳轶闻。故每每夜阑人静,必杜撰男女春事,惟恐其妻厌弃。就此浓情蜜意,如胶似漆,终日缠绵床笫。但春香终究有疾在身,为此元气大伤。有道是一夜行房五次,怎不阳气耗尽,形容枯槁。

春香苦思冥想,再无力杜撰淫闻艳事,料想其妻必弃之无疑。但就在她才思枯竭之时,身体却就此复元,再无病象,其妻中南亦不知所终。春香安然卧于榻上,与平时并无二致。此时屋内的一角亮着灯笼,一个风烛残年的老翁,口中的牙齿掉落精光,正坐于桌旁饮乳,竟不知春香已病愈。那老翁,正是其夫志远。

---

① 古代韩语的一种汉字式书写体系。

小说选或当代世界故事集

范德凯巴斯

（荷兰）

这位荷兰作家据说只在夜间撰写短篇小说和剧本。日间从事其他行业。博士论文：《电子书——构造与市场》，在奥斯陆大学发表过著名演讲《一个3D虚拟房间的墙》。作品集：《CD》和《浓缩短篇》。出版者：阿姆斯特丹的贝尔特·巴克。诗集：《我未曾爱过的女人》，剧本《宇宙是如何创造的》及其他。按照他对阿姆斯特丹《德格罗恩报》记者的说法，他没有传记，只有著作书目。旅行时他总是带着自己的枕头。他于二〇〇九年去世，健在时未能目睹他的电子书取代纸质书这一梦想的实现，而这个星球上的森林遭受砍伐正是为了后者。

消失之椅

1

"你知道在二十世纪和二十一世纪，有个经常被问起的无关紧要的问题吗？"

"历史的终结吗？"

"不是。你说的这个在二十世纪常被问起。现在不再问了。历史卸去了铠甲，挣脱了。"

"那是什么呢?"

"书籍会消失吗?这个世纪和上个世纪这个问题都被问起过。"

"你怎么会想到书籍会消失呢?历史上从没有像如今这样有那么多书被印出来、被人阅读!"

"问题不在这儿。为什么大型汽车制造厂要放弃汽油转而寻求新能源?"

"因为新的法规吗?"

"当然不是。因为,地下不再有那么多用于制造汽油的石油了。同样的原因,书籍也必将消失。因为用来造纸的树木行将灭绝。"

"这就意味着书籍要消失?"

"都消失了好几次了。第一次,消失于石刻,然后,消失于泥板,接着,消失于羊皮纸卷轴,最终,消失于纸张。每时每刻都在消失……"

这段对话发生在阿姆斯特丹国立博物馆德高望重的副馆长阿特·纳尔丁教授的办公室里。说话的两位老教授也是朋友,客人进来后主人还未及请他就坐。办公室在一楼半(因为这栋房子有个夹层)。电脑台上的十九英寸显示器也可以收看电视节目,屋子中央,一盏荷兰式八臂枝形烛台下方,摆放着一张小圆桌,配三把扶手椅。桌上有一只古埃及式烟灰缸和几只玻璃盘。紧挨着墙角铺展着主人的书桌。四扇窗对面的那堵墙边,立着一只古德国造矮橱和两只比德迈式[①]柜子。柜子上方

---

① 19世纪中期德国流行的一种装修和家具风格。

是装裱考究的两位十九世纪诗人的手稿。墙角处一只高达天花板的书橱边上,摆着一把舒适的古董扶手椅,红色丝绒坐垫,乌得勒支人管这种椅子叫"耳椅",也就是说,你可以坐在上面把脑袋枕在弯曲的头枕上打个盹儿。这位客人从来都是坐在桌旁那三把扶手椅上,这会儿被这周二才搬进来的这把豪华的扶手椅给迷住了。主人见状制止道:

"你这是想坐到那把椅子上去吗?"

"不行吗?"客人不解。

"那可是一把消失之椅。"

"此话怎讲?"

"很简单。迄今为止,凡坐上去的人都消失了。当然,那是一种美妙的消失,对于一把椅子来说,这也是个美妙的名字。消失之椅……要么,眼见为实一下!"

说着,主人随手抓起一本书扔进了扶手椅。

书落进椅子里霎时就不见了。

"看到了吗?书消失了!"

"太可怕了,但是你告诉我,要是你坐进这把消失之椅,是不是也会消失?"

"不会,因为这对椅子的主人不起作用。"

客人目瞪口呆地坐到小圆桌旁的椅子上,断定实际上这位较他年轻的教授占了上风。这下轮到客人了。他得想个法子还击一下这位同事。

"这些天你都干吗了?"他没话找话。不料这位比他年轻的同事的回答越发叫他吃惊:

"我一直在丢扣子。你知道的,我衬衫上第一排揿扣上的装饰性扣子,用来代替领带的。最不可思议的是第一个失踪的是那颗纯色金属的。我妻子说我丢得这么玄乎,看样子是再也找不到了。还真是。"

"不对!"客人应道。这回该让主人领教一下了。

?

"众所周知。你会找到那些扣子的,不过要等到死后。死后所有丢失的东西都会找回。"

2

在鹿特丹港广场一家犹太人开的古董店里,阿姆斯特丹国立博物馆临时馆长——年轻的罗埃尔·容斯特拉先生对一把扶手椅产生了兴趣。他不时会到店里来,老板知道,为了他供职的机构,罗埃尔·容斯特拉先生经常会来淘些稀罕的好物什。今天这位顾客大驾光临,是想给国立博物馆副馆长办公室锦上添花。

"这是什么年代的?"他问道。回答不出他所料:

"十八世纪末十九世纪初。"

扶手椅很讨人喜欢,但罗埃尔·容斯特拉先生注意到,椅腿有点损坏。像是螺丝刀强行钻入导致木头开裂。他跟店家交涉,店家却道,要是这件物什被买下,等装运的时候,会将四条椅腿进行专业加工,届时裂缝自会消失。也就是一厘米的问题。皮饰也需要更换一下,扶手上的皮垫被磨得发亮,都能照出人影来。况且皮革与这种扶手椅也不般配。紫红色丝绒更配一些。买家意欲成交,却发现店家有些踌躇。

"你不会是看中了这把扶手椅吧?"末了他问买家。

"怎么?价格不是谈妥了吗?"

"问题不在这儿!你知道它叫什么吗?"

"什么?"

"这是一把消失之椅。"

"胡扯!"说着,罗埃尔·容斯特拉先生付了钱,交待将它运到博物馆去。接着,他坐上去试了试……

"不!"店家尖叫道,但为时已晚。

博物馆当家人罗埃尔·容斯特拉先生已经倒在消失之椅上不动了。

3

"安达卢西亚号"就要在当地港口起锚,瘸脚船长出发前花了两个荷兰盾买了把破扶手椅,又花了半个荷兰盾按他的要求改造了一番搬进船舱。船上的木匠拆下椅腿上的轮子,用螺丝刀将椅子固定在船长室的地板上,用防水的野猪皮更换了污迹斑斑的拉毛绒饰面。

船离岸前,船长的妻子前来同丈夫告别,一时间为甲板上万众瞩目。每个人都在想象被她奢华衣裙遮蔽下的玉体。因为船长还在做最后的发号施令,有那么一会儿工夫她发现船长甲板室里只有她独自一人,于是飞快地打开船上的文具盒,盒子是固定在书桌上的,以免船摇晃的时候掉落下来。她按了一下隐蔽的弹簧,打开了盒子的秘密隔层,发现里面有两枚价值不菲的戒指和一些金的、银的荷兰盾。她飞快地将它们一股脑儿塞进双乳间，就算这时船长恰好进来，也不会发现蹊跷，她倒进"耳椅"，心想自己这会儿看上去得有多妩媚，倒也不假。她没有再起身。船长发现他的妻子死在了那把消失之椅上。第二天他命人把扶手椅从船长室搬走，卖给了一个古董商。

4

"你又有喜了！"一天早晨，工匠让·陶平喝过卡巴度斯苹果酒，看见妻子粉红色的肚子从来没有这么大过。

这是十九世纪末的某个时候，大西洋沿岸诺曼底的一个村庄，村子坐落在一座山上，俯瞰着大海。陶平一家就住在一座建于十四世纪的石砌圣安娜小教堂旁边。他们已经忘记很久以前自己的祖先是从旺代的莱萨布勒多洛纳搬来的。他们一大家子已经在这里住了两个世纪，男男女女无不沉醉于卡巴度斯苹果酒。他们浑然不觉地从生喝到死。起先，他们打理果园，但是他们贪恋酒杯胜过采摘苹果，他们改变了方向，开始从事某种像"玻璃杯一样友好"的行当，这种工作不需要多走动。他们开始雕制家用器皿，后来也制作小家具——椅子啊，凳子啊，架子啊。他们的产品大受欢迎，于是更要举杯欢庆，借着酒劲干得更欢。他们的一个远亲，阿布维尔市圣维勒弗朗教堂堂区牧师为自己定制了一把扶手椅。这位远亲也是三百年才出一个的酒徒——上帝保佑他——给那时已经声名远扬的陶平作坊留下了详细的制作要求。让那会儿已是作坊、家事里里外外一把手，尽管终日在卡巴度斯苹果酒里畅游，用古旧的干胡桃木雕凿精美的扶手椅外廓却是行家里手。椅子带扶手，弥撒结束累了，堂区牧师还可以躺上去，把脑袋枕在"带双耳"的靠背上休息。按时兴椅子还安了四个小轮子，工匠在木头框架上装了金属格栅，再由他儿子在上面安上弹簧，将马鬃裹以亚麻，覆以弗罗伦廷厚绸刺绣织物。扶手椅由此大功告成，成为陶平家族有史以来最为奢华的一件制品，放置在作坊显要之处，只等装运那一天的到来。

天有不测风云。陶平太太突然强烈宫缩，一刻也等不及，就近找了个地儿栽了下去，坐的正是尊贵的堂区牧师订购的那把扶手椅。她分娩了，但旋即就在那把椅子上咽了气，孩子倒是活了下来。

让·陶平吓坏了。妻子死了，可还有个孩子要养。再者，他也不能把这把血迹斑斑的椅子卖给牧师大人了，因为换新饰面太费钱，只得竭尽全力把它擦干净，拿到港口去贱卖，但愿哪个水手把它买了去，还真成交了。有人给这把血迹斑斑的椅子换了饰面，带上船，给一间陈设老旧的船舱添了件行头。

4

"你又有喜了！"一天早晨，工匠让·陶平喝过卡巴度斯苹果酒，看见妻子粉红色的肚子从来没有这么大过……

此处作者与读者之间起了争执。

读者：这家伙失忆了！他忘记自己写过什么了，他又写了一遍！

作者：当然不是！欲人闻之必述两遍。不管怎样，别忘了,等着瞧吧,我可要比你聪明。

读者:?

作者:知道结局的人永远比不知道的人要聪明!

我知道这个故事的结尾,而你还不知道!所以夹起尾巴给我闭嘴,眼见为实吧!

接着说,十九世纪末的某个时候,大西洋沿岸诺曼底的一个村庄,村子坐落在一座山上,俯瞰着大海。陶平一家就住在一座建于十四世纪的石砌圣安娜小教堂旁边。他们已经忘记很久以前自己的祖先是从旺代的莱萨布勒多洛纳搬来的。他们一大家子已经在这里住了两个世纪,男男女女无不沉醉于卡巴度斯苹果酒。他们浑然不觉地从生喝到死。起先,他们打理果园,但是他们贪恋酒杯胜过采摘苹果,他们改变了方向,开始从事某种像"玻璃杯一样友好"的行当,这种工作不需要多走动。他们开始雕制家用器皿,后来也制作小家具——椅子啊,凳子啊,架子啊。他们的产品大受欢迎,于是更要举杯欢庆,借着酒劲干得更欢。他们的一个远亲,阿布维尔市圣维勒弗朗教堂堂区牧师为自己定制了一把扶手椅。这位远亲也是三百年才出一个的酒徒——上帝保佑他——给那时已经声名远扬的陶平作坊留下了详细的制作要求。让那会儿已是作坊、家事里里外外一把手,尽管终日在卡巴度斯苹果酒里畅游,用古旧的干胡桃木雕凿精美的扶手椅外廓却是行家里手。椅子带扶手,弥撒结束累了,堂区牧师还可以躺上去,把脑袋枕在"带双耳"的靠背上休息。按时兴椅子还安了四个小轮子,工匠在木头框架上装了金属格栅,再由他儿子在上面安上弹簧,将马鬃裹以亚麻,覆以弗罗伦廷厚绸刺绣织物。扶手椅由此大功告成,成为陶平家族有史以来最为奢华的一件制品,放置在作坊显要之处,只等装运那一天的到来。

天有不测风云。陶平太太突然强烈宫缩,一刻也等不及,就近找了个地儿栽了下去,坐的正是尊贵的堂区牧师订购的那把扶手椅。她分娩了,但孩子很快就在那把椅子上咽了气。让·陶平吓坏了。他不能把这把血迹斑斑的椅子卖给牧师大人了,因为换新饰面太费钱,只得竭尽全力把它擦干净,拿到港口去贱卖,但愿哪个水手把它买了去,还真成交了。有人给这把血迹斑斑的椅子换了饰面,带上船,给一间陈设老旧的船舱添了件行头。

3

"安达卢西亚号"就要在当地港口起锚,瘸脚船长出发前花了两个荷兰盾买了把破扶手椅,又花了半个荷兰盾按他的要求改造了一番搬进船舱。船上的木匠拆下椅腿上的轮子,用螺丝刀将椅子固定在船长室的地板上,用防水的野猪皮更换了污迹斑斑的拉毛绒饰面。

船长那会儿还在做最后的发号施令,他叔叔上船来同他告别。有那么会儿工夫他发现船长室里只他一人,便飞快灌下一杯朗姆酒。随后又来了一杯,还四下打量。此君腿脚不及胳膊好使唤,留着一撮尖尖双色胡子,活像只刺猬。他每天都午睡,打个盹儿醒来,他会再躺一会儿,觉得自己就是他死去的母亲。他不过是觉得那一刻自己像极了母亲,仿佛是透过母亲的眼睛在看这个世界。实际上,别的时候他也会云里雾里故态复萌。又一杯朗姆酒下肚后,他靠近桌子,船长的文具盒从底下被固定在这张桌上。他想也没想,借着他死去母亲的眼睛,打开了盒子。他四下看了看,揿了下隐藏的弹簧,打开了盒子的秘密隔层,发现里面有两枚价值不菲的戒指,还有一些金的、银的荷兰盾。他麻利地将这些一股脑儿塞进口袋,却被船长撞了个正着。船长深知此君为人,便沉着脸去掏他兜里值钱的赃物,酒徒在朗姆酒的作用下意欲反抗,船长一把将他推进那把"耳椅"。他的叔叔再也没有从椅子上起来。船长惊讶地摇了摇他,却已是徒劳。他的叔叔在工匠陶平的椅子里死了。第二天他命人把椅子从船长室搬走,卖给了一个古董商。

2

在鹿特丹港广场一家犹太人开的古董店里,阿姆斯特丹国立博物馆临时馆长——年轻的罗埃尔·容斯特拉先生对一把扶手椅产生了兴趣。他不时会到店里来,老板知道,为了他供职的机构,罗埃尔·容斯特拉先生经常会来淘些稀罕的好物什。今天这位顾客大驾光临,是想给国立博物馆副馆长办公室锦上添花。

"这是什么年代的?"他问道。回答不出他所料:

"十八世纪末十九世纪初。"

扶手椅很讨人喜欢,但罗埃尔·容斯特拉先生注意到,椅腿有点损坏。像是螺丝刀强行钻入导致木头开裂。他跟店家交涉,店家却道,要是这件物什被买下,等装运的时候,会将四条椅腿进行专业加工，届时裂缝自会消失。也就是一厘米的问题。皮饰也需要更换一下，扶手上的皮垫被磨得发亮，都能照出人影来。

就在双方谈价钱的时候，进来一个小老太太。

"我叫埃洛迪。"她自报家门，尽管并没有人问她什么。她戴的帽子上满是丝质的蜜蜂。她慢声细语地询问店里有没有威尼斯式镜子。她丝毫没有因为打断了店家和买主罗埃尔·容斯特拉先生谈生意而不安。彬彬有礼的店家指给她看墙上的一面镜子，老太太看了看镜中的自己，突然就晕了过去。

"快坐下，夫人，我这就给你拿杯水来。"

说着，店家便跑到店的后面，小老太太倒进了旧皮革饰面的扶手椅里。

"不！"先生尖叫道，但为时已晚。

老太太已经死在了消失之椅上。

1

"就一个问题，最后一个问题，"客人道，"尊敬的教授，您出生在蛇年吗？"

"按照阿兹特克历法，是的。你一定见过这部用压碎的石头制成的光盘形状的历法。"

"您为什么要写这个？"

"为了纪念我的祖父。他在墨西哥生活了十年，死在那里。"

"您的传记里说你拥有非凡的外交和性能力。您为什么要这么写？怎么会有人这么说自己呢？"

"首先，这并不是我写的，这倒是阿兹特克星相学的说法，它给一年中的每一天都做了说明，我的生日十月十五日也是一样。上面就是那么写的。"

"无论如何这未免太过不雅。"

"你还没听我的第二个解释呢。"

"愿闻其详，"记者回敬道，"为了您好，这第二个最好比第一个雄辩些！"

"我还以为人人都拥有非凡的性能力呢。从你的反应我现在得知并非如此，因为你在抱怨！"

闻之，记者站起身，目瞪口呆。

这场对话发生在阿姆斯特丹国立博物馆副馆长——尊敬的阿特·纳尔丁教授的办公室里。这位采访尊敬的副馆长的记者来自荷兰《誓言报》，名叫巴斯蒂安·沃格勒。

办公室在一楼半（因为这栋房子有个夹层）。电脑台上的十九英寸显示器也可以收看电视节目，屋子中央，一盏荷兰式八臂枝形烛台下方，摆放着一张小圆桌，配三把扶手椅。桌上有一只古埃及式烟灰缸和几只玻璃盘。紧挨着墙角铺展着主人的书桌。四扇窗对面的那堵墙边，立着一只古德国造矮橱和两只比德迈式柜子。柜子上方是装裱考究的两位十九世纪诗人的手稿。墙角处一只高达天花板的书橱边上，摆着一把舒适的古董扶手椅，红色丝绒坐垫，乌得勒支人管这种椅子叫"耳椅"，也就是说，你可以坐在上面把脑袋枕在弯曲的头枕上打个盹儿。

两人站在门边，因为客人结束采访，分明是准备告辞了，教授神色平静地指了指屋角里那把红色的扶手椅。

"你肯定不想坐坐我的椅子吧?"

"为什么?"客人不解。

"因为那是一把消失之椅。"

"此话怎讲?"

"很简单。迄今为止,凡坐上去的人都消失了。当然,那是一种美妙的消失,对于一把椅子来说,这也是个美妙的名字。消失之椅……要么,眼见为实一下!"

说着,国立博物馆副馆长随手抓起一本书扔进了扶手椅。书落进椅子里霎时就不见了。

"看到了吗?书消失了!"

记者巴斯蒂安·沃格勒气咻咻地转过身,带着被深深的冒犯终于离开了办公室。

尊敬的国立博物馆副馆长阿特·纳尔丁教授道:

"终于结束了!谢天谢地!"说着,疲惫地倒进他的红色扶手椅喘口气。

可是,靠背底下有什么东西硌着他。他瞧了瞧,在消失之椅上发现了——一颗扣子。一颗装饰性金属纽扣,一年前丢的。终于找到它了。

但接着,他惊呆了。

"我找到了一颗丢失的纽扣!那么我死了有多久了?"他问自己,"所有的那些死者是不是都可以成为我新职位的一部分?我是什么时候从事物的一种状态变成另一种的?难道所有的死者彼此都认识?也许没有什么无限的死亡,而只有一种——普通的死亡?抑或那些被同一把剑砍死的人都结了同盟?"

不管怎样，教授拿起扣子，本能地想把它安回原处，也就是脖子下面的那颗揿扣。他随即发现那里既没有揿扣，他身上也没有衬衫。之后，他意识到自己既没有脖子也没有胳膊。

叶卡捷琳娜·丘特切夫

（俄罗斯）

叶卡捷琳娜·丘特切夫出生于纽约一个俄罗斯移民家庭，与十九世纪那位同姓的诗人[①]没有半点亲戚关系。她在瑞士攻读艺术史，从未到访过苏联。俄罗斯联邦成立后，她回到祖国，成为亚斯纳亚·波利亚纳的列夫·托尔斯泰庄园博物馆的馆长。她在图拉出版了短篇小说集《我与雪同归》，在圣彼得堡的艾兹布卡出版了《不从夫姓》一书，她的出版商是安弗拉和泽布拉·E。她创作过广播单人剧，其中两部（《假日床》《海鸥变燕子》）被灌录成磁带，由达里娅·莫罗兹演播。她主攻戏剧，互动式戏剧《圈套为你而设》及《末等名流》曾在契诃夫莫斯科艺术剧院、圣彼得堡、沃罗涅日和西伯利亚上演。在莫斯科《外国文学》杂志的一次访谈中，她透露自己在美国时爱读亚历山大·格尼斯[②]的作品，在亚斯纳亚·波利亚纳工作时读鲍里斯·阿库宁[③]。二〇〇三年，她在树林中采草莓时去世，坊间有此事流传。据老太太去世时的目击者称，要是能想到的话，追随她不曾瞑目的眼神，就可以看见林间上空有一个天使。谁会这么想呢？

画

我出生在帝俄时期的普斯科夫省,这片地区环绕着著名的波尔金诺村④。二十世纪初,我家在那里有一小块封地。我只记得宅子带一个鱼塘,宅前有廊柱。我犹记,在一年中最好的时节里,在附近树上筑巢的乌鸦鸣叫不绝,那里沐浴在椴树的芳香中,馥郁芬芳,仿佛树木在为什么事情寻根问底,假如得不到应答,那香气几乎要撞倒屋子里的物什。我记得墙上挂的画和一张铸铁床。那些画有的挂在起居室里,有的挂在卧室里,还有一幅挂在壁炉上方。那些我开始回忆起来的东西,如同你会牢记的童年的一切,每天都历历在目。

我父母和外祖母的趣味颇有些古怪。他们不喜欢签名的画作。将一幅底端有名家签名的赝品搬回家是件轻而易举的事情。这便解释了为什么我家的画作都是匿名的。我外祖母是头一个开始淘这类宝贝的,我父母跟着也"入了"她的坑。有时候他们会上布鲁塞尔或是维也纳从古玩店里淘新货。末了,到了我这一代,家里只剩了五幅外国画家的作品,有一幅是俄罗

---

① 指与普希金、莱蒙托夫齐名的19世纪俄罗斯伟大的抒情诗人费奥多尔·伊凡诺维奇·丘特切夫(1803—1873)。
② 俄裔美国作家、文学评论家。
③ 当代俄罗斯畅销书作家。
④ 1830年,因瘟病流行普希金在其父领地波尔金诺羁留三个月,其间完成了《叶甫盖尼·奥涅金》等数部杰出作品,文学史上称之为"波尔金诺的秋天"。

斯画家的。俄罗斯的这幅是其中最妙不可言的。还是让我们一一道来吧。

1

我们不妨从最老的那幅说起。它挂在起居室一张新巴洛克风格的沙发椅上方,将这张沙发的扶手放下,钩到水平位置,便是一张床了。正如我说过的,这张画没有签名,它出自一位西班牙画家之手,可能是十五世纪某个时候,也就是从中世纪向文艺复兴转变的那个时期。画的是圣母马利亚和她怀中神情冷漠的小耶稣。天使们正在给马利亚戴冠。多年以前某次蹩脚的修复把天使的腿给刮掉了,那些腿如今掉落在画框底下什么地方。画中的女人和孩子都穿着硕大的花边皱领。活脱脱的西班牙人。西班牙耶稣!他手握一枝玫瑰花苞。圣母马利亚并没有触碰到耶稣,而是双手护在他身旁,像是留心他不要从她膝上掉下去似的,又像是在保护他免遭他人的伤害。我父亲管这种姿态叫"神圣"。马利亚的斗篷上满是装饰的小花,这在中世纪的画作里常见。飘浮在圣母马利亚和小耶稣上方的两个天使长着摩尔人①的面孔。我曾久久地看着她怀中的这个孩子。他不像伴随他的两个摩尔人。他面色苍白,即便那幅画其他部分已被我淡忘,他的眼神也永远铭刻在我记忆中。我尤其不能忘记的是耶稣肤色黝黑,头发极短,有一绺与一个孩子极不相

---

① 非洲西北部的阿拉伯人与柏柏尔人的混血后裔,公元8世纪进入并统治西班牙。

称的、显眼的翘发。

2

接下来的这幅挂在大房间壁炉的上方。名叫《圣加大利纳的神秘婚礼》,出自意大利文艺复兴时期画家之手,像是一位提香画派的威尼斯画师,因为画中有个人物的衣服被绘成了"提香金"①。一路跟随圣母马利亚和圣加大利纳的是圣女则济利亚,身边是小耶稣。那种带着适度变化的颜色同样被用来描绘圣女则济利亚的头发。她是个不折不扣的红发,或者要是你愿意称她金发美女也行。画作是椭圆形的,配着宽大的画框,画框边缘装饰着镀金的繁花。画框上巨大的木雕叶子弯弯曲曲地环绕在画心周围。叶子也是镀金的。圣母马利亚抱着俊美的金发小耶稣。她的一边站着前面提到的圣女则济利亚,手握一条棕榈枝,另一边,跪着圣加大利纳,正从一个小孩手里接过一枚订婚戒。她身穿一件灰白色的修女袍。我惧怕这幅画,或许是它预言了我失败的婚姻(很久以后证实了)。

3

我喜欢那幅最小的(其余几幅都相当大,几乎真人大小)。画作出自十八世纪一位法国画家之手,背面溅上了一点东西,看上去像是血。趁着家里粉刷,画作都被取下来面朝墙壁的时

---

① 提香是公认的威尼斯画派最伟大的色彩画家,他善用金色,发明了土黄色,后人称之为"提香金"或"提香黄"。

候，我擦掉了那些东西。画面的场景是一户有钱人家的日常。男子坐在一张放满了马克杯的小圆桌前（他剃了胡子，但按旧时那会儿，他们是没法把脸蛋儿刮得干干净净的）。按今人的说法，就是胡子拉碴。他身旁是两位女士，穿着领口极低的宽大丝裙。一个是年轻小姐，另一个是老太太。

最精妙之处是我无法完全理解的，于是我不停地观察那细微之处。他们坐在一扇敞开的窗子前。透过窗户可以看见一片美丽的绿色树林。你仿佛能听见树叶婆娑沙沙作响。画家精湛的笔法使得打开的窗框如同透明一般，仿佛是玻璃制成而非木头，让人感觉树林正破窗而入，林子的气息与茶香，或不知他们正喝着的什么东西的味道融合在一起。林间氤氲缭绕，像薄雾，又像河面上的水汽，似有若无，隐隐绰绰。时至今日，我只要一走进树林，那幅画便浮现于眼前。

4

我最不喜欢的是屋里那幅真人大小的男子半身像，他在佛罗伦萨画框里注视着看向他的每一个人。他红脸膛，戴顶假发，肩膀上围着貂皮，下巴底下是牧师一样的衬胸。他的强势与不悦破坏了小小缝纫间的宁静。他看上去仿佛总是急着赶路。他是十八世纪某位戴着假发的德国选帝侯，已经郁郁寡欢了三个世纪。我管他叫"托罗普科"。总的说来，比起画中人，我倒是更喜欢把他镶在里头的那个镀金画框。我记得人们修复过这幅画，令人匪夷所思的是他被画在一块正方形的帆布上，尽管画作是椭圆的，镶的画框也是椭圆的。他是个骗子。

5

最后来说这位俄罗斯画家。他并非微不足道,因为我把大半时间都花在了他的这幅画作上。好像整个童年,我在父母家就有一个独立的房间,我睡在一张铸铁床上,床脚板(你躺下来就能看见的那块板)上绘有图案。当然了,那里也不会有签名。然而,那奇幻的画面,至今想来,仍觉妙不可言。画里是冬天,有一片树林,一座乡村小教堂在雪中若隐若现。你几乎可以透过敞开的门听见歌声,闻到树脂乳香。你还可以看见神像前的点点烛光。门口停着一辆三驾马车,三匹黑马在嬉戏,雪橇上坐着一对男女。男子戴着高高的礼帽,女子裹着裘皮大衣,领子向上翻起,凛冬中只能看见她扑闪的双眸。我一生都爱恋着她与他,胜过生活中的任何活物。

* * *

现在来说说我活着时这些画后来的命运。父母离异时,我已经长大了,不再住在父母家。母亲带走了《圣加大利纳的神秘婚礼》,从此我再也没有见过那幅画。我母亲也一样。因为战争来了,接着是革命,接着又是战争。

革命爆发后,布尔什维克征用了我家,那些画有的流落到了市场,有的被扔进了谷仓。十八世纪那位愁眉苦脸的选帝侯倒也罢了,让我难过的是惨遭踩躏后被丢在某个马厩或是阁楼的那个西班牙圣母和基督,还有那几个长着摩尔人面孔的天使。房子被征用后，趁邻居搬进来之前，我设法抢救出那幅最小的，也就是我唯一能裹进披肩里带走的——法国人画的、树林破窗而入的那幅。

"二战"期间德国人部分占领俄国的时候，我被迫逃离，将那幅画留在了乌克兰一个镇子上我那小小的住所里。即便战后我很快就返家，那幅画，连同我曾经住过的房子也都荡然无存了。

我曾在集市和垃圾场寻觅了很久很久，寻找那张铸铁床，上面画着教堂，还有我爱恋着的那对男女。我也没有找着那幅画。它和其余几幅一样，仅存于我的记忆中。

既然记忆消失同样是眼前的事，我就把关于那些画的回忆告诉给读者，他便可以守护得更久一点。

安杰利娜·玛丽·布朗
(英国)

安杰利娜·玛丽·布朗生于约克郡，去了布鲁克林上大学。她原本在芝加哥担任银行顾问，有一天突然以全新的方式看待一切，为此更换了职业及所在的大陆。她对《纽约时报》说，"幸福属于那些并不觉得在别处会更好的人"，然后回到了英国。她的作品由企鹅出版社、哈米什·汉密尔顿伦敦文学榜，以及英国老牌出版商彼得·欧文出版。现在她在泰晤士河畔一所学校任图书管理员。她认为自己的文学追求是一种邪恶且过时的习惯。她说自己的离婚是继承了外祖母与母亲离婚的传统。她曾在一次采访中表示，文学——也是一种离婚。著有长篇小说《我外出喝茶然后再也没回去》和《蝙蝠如爱人》。她和母亲住在河畔的一栋房子里，种植仙人掌。聪明绝顶，极度害怕洪水。这部短篇小说发表在《伦敦泰晤士报》上。

伊夫琳

我得直说，伊夫琳很快成了我们所有人的宠儿。她来自我先生家庭那边，但我们两家人都爱她。她很美，眼里总是存留着一些昨日痕迹，而在嘴唇上——则是明日时光，可那样的明天并非我们所能拥有。确切地说，从她的嘴唇就可窥出病状，疾病在她身上，美得就像她所穿的裙子。她可以走进一家店，随便挑一件适合她尺码的衣服，就像是量身定做的。她也能走进一家医院，得上任何一种病，就恰如其分，尽善尽美。她与我的对话也不交流思想，总是交流情感：她精彩而坦诚地谈论恐惧、爱、憎恨或者满足。她看起来是一个快乐的人，这种快乐甚至没有被她的病况或死亡蒙上阴影。

当然了，是癌症，最美丽的人总是得癌症。她得病时间不久，很快就没有痛苦地过世了，而我们怀念了她很久，比我们认为更钟爱的其他人更久。我们没有忘记伊夫琳，我对她的忧伤更重于其他人，好像她对我来说就像某种情人，尽管她并不是。我记得有一次我们一起乘车短途出行。她开着车对我说：

"为什么你今天不和我一起去兜风？"

"我来了啊，我在这里！在你旁边，在车里！"

"你觉得呢？"她再没多说。她是对的，我和我的烦恼在一起，而不是她。

伊夫琳的第一段婚姻有个儿子，他每周来看她一次。因为他们分居两地，她非常痛苦。她对我说：

"每逢周六，当他过来时，我是'陪着他'，而不是和他'在一起'。"

儿子结婚了，有了可爱的孩子。但我至今为止仍认为伊夫琳，他的母亲，依然是他生命中拥有过的最好的东西。

*　　　*　　　*

有天夜里，确切地说，是前天，我梦见了她。这个梦令人难以置信。梦里，我在特拉法加广场遇见了她，或者说，遇见了她们——五位伊夫琳：一位刚满十八岁，我还从未见过这样的她；第二位的她仍在第一段婚姻中，那时我已然熟悉她的微笑，和她握手时仿佛把什么无价之宝交到了你的手中，是银质的什么东西；第三位大约三十岁，眼周汇聚着些许的倦态，她正打算嫁给我的兄弟；第四位则有着坚毅的笑容，坚毅得超出以往；第五位是我们护送去墓地的、苍白的伊夫琳。五位伊夫琳围绕着我，问候我，轻抚着我的脸颊，说：

"别忧伤，我们都和你在一起，我们永远在你身旁，近在咫尺。我们从未离开过你，也永远不会！"

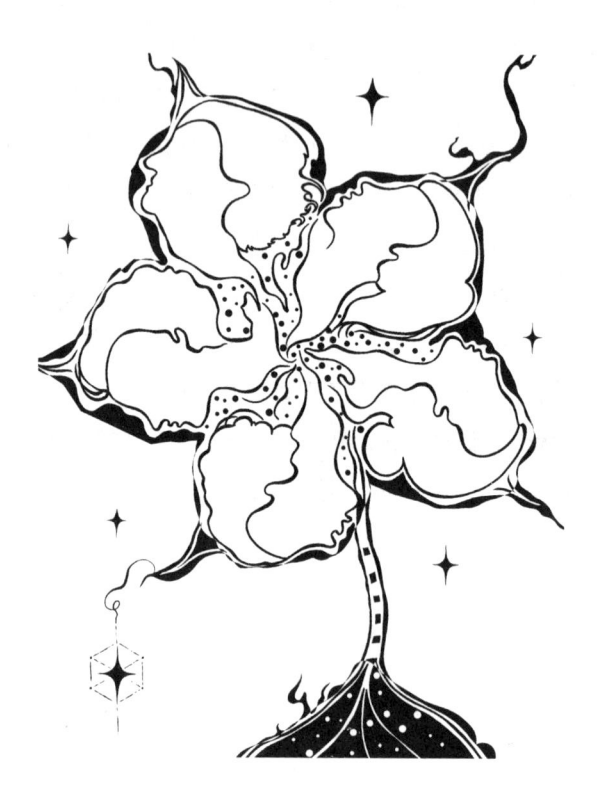

纸剧院

阿道夫·松迪乌斯

(瑞典)

阿道夫·松迪乌斯学过音乐,但因为一次不成功的手部手术——他希望借助外科手术增加手指能触及钢琴琴键的范围——不得不放弃独奏生涯,与曼努埃拉·孔西结了婚,她是马尔默最早的色情明星之一。他与一位朋友诉说,他夜里经常做梦,好像会说各种语言,那些在清醒时他并不会说的,意大利语、西班牙语或俄语。在梦中,他经常用其中一种语言翻译同一个故事。进展慢,但准确,就像他在梦里的感觉。到了早晨,故事和被翻译成的语言都一起从他记忆中消失了。

他以教音乐为生,撰写了广播剧和戏剧作品:《踮脚走路》《被遗忘的名字》。以音乐为灵感写下的一系列短篇小说质量参差不齐。他的作品被斯德哥尔摩的诺尔斯泰特和会饮出版社、克里斯蒂安斯塔德的监测出版社出版,还有一本书在斯德哥尔摩以电子读物形式出版。他死于一种奇怪的疾病,这种病的状况是临死之际开始长高。二〇〇七年他逝世时,比生命中任何时候都要高。

四手联弹

卡特琳·达尔和以赛亚·费格扎克都是音乐家。不久前他们结束了在斯德哥尔摩和巴黎的钢琴独奏学习，开始合作音乐会演出。他们都有才华且年轻。她已结婚，而他尚且单身，能在女性听众那里获得长时间暴风雨般的掌声。至少看起来是这样。

在两人明白如何运用自己的天赋之前，一位音乐经纪人建议他们在欧洲城市巡演，他们同意了。经纪人建议一位钢琴调音师全程随行，在他们之前做好分内工作，查看并调整好两位要四手联弹的乐器。还有一位摄影师，在音乐会进行期间和会后拍摄照片，提供给媒体和档案保存使用。摄影师是位女性，人们叫她玛丽亚，她随身携带着一台极为轻便的小相机，几乎就是手机大小。有时她用这个和一个巨大的装置一起拍摄，就像从髋关节开枪射击一匹小马那样，并不用把它举到眼前。按玛丽亚的话来说，最好的照片总是第 72 张和第 104 张，当然还有整个过程的最后一张。她的照片确实是从来没有过的出色，但照片上并没有音乐。有时，在条件允许的情况下，卡特琳的丈夫达尔先生也会来听他们的音乐会。

一切都从柏林开始，他们在"作家协会"演奏，协会坐落在一栋单独的别墅里，楼上设有客房。在休息期间，费格扎克先生狂怒地问达尔夫人：

"你疯了？你在干什么？"

卡特琳·达尔在演奏拉威尔时的确漏掉了几个小节，让自己的同伴独自弹奏琴谱。当然，除了他们两人之外，谁也没有发觉。

"也就是说，你什么都没有听到？"她问道。

"当然没听到！你甚至连拉威尔的快板都不演奏，我能听到什么?!"他反驳说。

"我不是这个意思，"夫人继续说，"你没有听到听众中有谁在吹口哨？"

"吹口哨？"

"是的，但并不是因为不满。他吹得好像他是一个非常熟悉拉威尔的快板并且对音乐也非常、非常了解的人。他轻轻地但相当准确地吹出了我们演奏的内容。我不得不迫使自己停下来听他，我听到了，确实是那样的。下次注意听，也许你也能听到他！"

"他？"

"我不确定。"

在维也纳，他们在十二区的赫岑多夫宫演出。那一年，那里开办了一所时尚学校和一家售卖有关鞋履和服装画册的最好的书店。当他们演奏莫扎特时，费格扎克先生中断了一会儿他的演奏。当时他们正在四手联弹，他做得如此游刃有余，除了他们自己谁也不会觉察。她则全程"掩护"着他。他觉得自己也能听到什么东西。

"这回确信了？"达尔夫人在音乐会后问他。

"有点恐怖，确实！那个家伙又来了。他吹莫扎特的口哨确实出色……我知道我们应该做什么了,我们在布拉格演奏肖邦吧,当然,我们要用自由节奏。"

"想法不错。自由节奏完完全全与肖邦的音乐相吻合。如果这个陌生人还出现在那里,他并不知道我们是三拍还是四四拍,节奏会完全改变,他会不知所措的,我们会抓他个现行,这也许能帮我们找到他。"

"或者让他离我们远点儿。"费格扎克先生补充说。

但那个陌生人并没有惊慌失措,在布拉格,他又完美无瑕地给肖邦的自由节奏进行了口哨伴奏,而且这次他们依然没有找到他。

"这是个女人吗?"晚饭后,达尔夫人问。

"我不这么认为。"

"那么,你认为这是位男士?"

"我不认为是,这显然不是男士,不是男士声音。"

"那会是谁,见鬼了!"费格扎克先生结束了对话,"我们看看这周日在米兰会发生什么。我们在那里演奏勃拉姆斯,你先生也去的,让他也仔细听听……"

周日,在米兰,他们演奏勃拉姆斯,仔细观察坐在第二排奋力鼓掌的达尔先生。当然,三个人都在仔细听,但什么都没有发生,好像陌生人这次没有来到米兰,或者他决定了保持沉默。他们觉得下周四他大概也不会再去贝尔格莱德的法国大使馆,在那儿他们将结束巡演。

然而在那里发生了不可思议的事情。

也许是受到了异国听众的影响——他们以莫名其妙的方

式，在意想不到的地方、用难以理解的语言拍手叫好——这里，在米兰，费格扎克先生做了一个梦。

费格扎克先生之梦

我做了梦，穿过长夜，在一个我看不见的的平坦表面走着。黎明渐渐来临，太阳出现的时候我才明白，我正在海面行进，海像镜子般平坦，而且平静，是地中海。我左边、右边的水里出现不知为何的笨重物体，我一下就明白了，这是UFO。每边都有几个，它们不移动，也不发亮。它们看起来好像是不规则的、被放了一半气的球，球体由各种颜色的丝带组成，丝带之间有着巨大的空隙。我稍有点受到惊吓，不知道该做些什么，我猜自己会遇到谁。在我前方的海面上，有一个由各种颜色的丝带搭起来的建筑物，是人造的。不是外星人，是被雇用的人。接着，我隐约注意到，在我左右两侧的两组UFO之间，有一条跨越海面、像是按照直尺画出来的线，我决定越过这条线。一走近这个建造中的物体，我便明白，或者是被告知，现在我必须加入他们，成为这个物体的建造工人中的一员，我知道我被那个我穿过其间的丝带UFO上的外星人雇用了。在休息时间，我们坐在水上，就像坐在坚硬的地面上，可能在吃着东西，我注意到，从我来的方向，一条笔直的线沿着海面朝我们而来，它也像是用直尺画出来的。在那个时刻，那条线在我们脚下某个地方横穿之前那条线，交叉组成一个十字后，停止了运动。我问坐在旁边的工人这表示什么，他平静地答道：

"这就是说，有谁死了。"

"谁?"我又问。

"某个费格扎克。"

然后,在梦中,我了解了关于死亡的一切,准确地说,是经历了生命结束后发生的一切。先是像歌手广告里那样,一架钢琴出现在水面上,我像往常一样,坐在凳子上开始演奏。到这里为止,一切都和现实生活中一致。但突然我感到自己变得越来越小,几乎无法触及琴键,我的手指变小,但幸好能在键盘上完成琴谱上写的一切。当我演奏时,我的头发开始生长、变长,我身上穿着奇怪的衣服,仿佛是小孩子的。最终我明白了死亡的本质——我不再是从前的自己,在那个梦中,我成了女性。还有一件事,醒来之前,我清楚地意识到,在那个梦中,也就是在死亡里,我演奏钢琴比在现实中更为出色……

* * *

月亮照在卡莱梅格丹,像被咬掉的指甲。贝尔格莱德的法国大使馆大厅里华灯闪耀,透过高大的窗户可以俯瞰城市公园。一位女士用小巧的相机给正在四手联弹的达尔夫人和费格扎克先生拍照。她突然停下了工作,像是在安抚某人或某物。

她六岁的女儿,坐在听众中间,刚要随着达尔夫人和费格扎克先生一起吹德彪西的口哨。他们一边在钢琴上演奏,一边紧张地听着大厅里是否有陌生人会再次加入他们的行列。那个小女孩加入了……

小女孩吹德彪西的口哨比他们演奏的要好。

孔皮尤塔·维蒂

(意大利)

孔皮尤塔·维蒂——意大利作家，她居住在米兰和科莫湖边，在湖边她有个古罗马避暑度假屋风格的乡村别墅。她毕业于维也纳的高级时装学院（ABC 时尚学院），嫁入了著名的费雷蒂家族。她在罗马、佛罗伦萨、米兰和欧洲各地拥有时尚鞋履专卖店。著有长篇小说《当你可以接受，为什么要给予？》和《第二天之后的夜晚》，出版商为加尔赞蒂。她还匿名为一些知名乐队谱写歌词。她关于自己如何成为作家的宣言非常有名："从童年时我就想成为一个妓女并且下地狱，但有人告诉我说，那里不收女人，因此我成了作家。"这里呈现的短篇小说出自选集《下巴上的额头》。

但丁和薄伽丘

两位在意大利小镇工作的年轻工程师收到邀请，去参加由柏林总部组织的会议。

行程费用已支付，他们拿到机票，在指定日期飞到了德国。其中的一位横向分头，上面涂满发蜡，另一位穿着的鳄鱼皮便鞋气味宜人、吱吱作响。工程师们相处得极好。所去路上天气都不错,一位在座位上睡着,梦见自己在抚摸一只小狗,小狗的名字早已忘记,而且好像也不在人世;另一位点了威士忌,眨眼间他们便在柏林降落了。七天后他们必须回到机场,因为直航回到小镇的飞机每周只有一班,这意味着会议结束后,他们会有一整天的自由时间。所有这些都使他们兴高采烈,因此准备尽全力参加会议。总的来说,会议开得相当成功,除了两个不同意见,但并不涉及两位工程师所在的国家。

告别晚餐在一个饭店里举行,门口处还供应猎人烈酒。就像所有的其他客人一样,文中提到的年轻人拿到配有酸菜和土豆的德式猪肘,肉上还插着德国国旗的牙签,饭店供应葡萄酒和啤酒。晚餐过程中与会者都收到了礼物,给两位工程师的是豪华包装的大盒子,里面装着他们工作的工厂的招牌产品。他们还学会了两句据主办方说是由歌德写的诗句:

> *Wein nach Bier*
> *macht ein Tier*,
> *Bier nach Wein*
> *macht ein Schwein.* ①

那实际上是一个好记的、诗句形式的建议,用于知道什么时候喝啤酒、什么时候喝葡萄酒。工程师们只好在翻译时也创作了几句启发性诗句,如下所示:

---

① 直译为:葡萄酒后边啤酒,变动物;啤酒后边葡萄酒,变成猪。

纸剧院

> 啤酒后边葡萄酒
> 变小鹿
> 啤酒跟着葡萄酒
> 变猪猪

他们还收到了礼物,两位著名意大利诗人的微型半身像,来自德国的同行们则得到了德国诗人的。细瓷做的、工艺精湛的歌德和席勒,但丁和薄伽丘。意大利作家落到意大利工程师手里完全合乎逻辑:但丁那小小的雪花石膏像上,是他著名的有点像被折断的鹰钩鼻;瓷做的薄伽丘像则略微发福。作家们透过玻璃包装纸望着自己的主人。当他们回到酒店房间,把半身像从纸盒里拿出,工程师们发现但丁是胡椒瓶,而薄伽丘则是盐罐。年轻人笑了起来,开始称呼对方为但丁和薄伽丘。

准备回家的时候,但丁先生注意到他们的回程行李增加得太多,已经没有地方放东西了,而他只带了一只装西装的袋子来参加会议。礼物过剩,必须出门找地方买个行李箱。商店离得不远,没费力就找到了,他一下子挑中一个中等尺寸的红色行李箱,也并不贵。他结完账便离开,完全没有注意到在商店里挤来挤去的购买者中有一位先生,他的眉毛修剪得像克拉克·盖博的小胡子一样。那位先生的翻领上可没有写着"恐怖分子"字样,但实际上他就是。这位眉毛修剪得像胡子的先生从工程师们到达柏林机场的那一刻起,就形影不离地跟踪他们。他也买了但丁先生刚买的红色行李箱,同样款式,同样大小。结了账,走上街。没过多久,在一间公寓房里,他把一些旧裤子塞进箱子，裤子里裹着自动定时的爆炸装置。在定好的日期，他去了飞机场，点了一杯咖啡，坐在但丁和薄伽丘坐的小餐桌旁，他们正喝着咖啡等待自己的航班。他小心翼翼地把自己的红色行李箱放在但丁的红色行李箱旁边。当广播宣布接下来的航班开始登机时，他拿了但丁的行李箱，留下了自己的给但丁。两个行李箱完全一样，谁也看不出来什么区别，况且但丁在机场并没有记住歌德的建议，喝了几杯葡萄酒后又喝了些啤酒，上回程飞机时把那个红色行李箱当作自己的行李交出去。起飞升空后，很快，箱子爆炸了，也引爆了所在的飞机。

据媒体报道，目前统计，八十六位乘客和八名机组人员全部遇难，没有任何生还者，医护人员和救援小组已经到达失事现场。一个政治组织发表声明，宣称他们实施了这场行动。

* * *

醒来后，两位年轻工程师看到了奇怪的景象，他们面前升起了一道巨大的门。门前放着一把路易十五风格的扶手椅。大门一边有个小树林，那里长着榆树、杨树和柳树。扶手椅上坐了个女恶魔，她一丝不挂，身上只有三只金环，一只插在鼻子上，另外两只在她胸前美丽的乳头上。

"你们这是往哪儿去？"她问但丁和薄伽丘，他们穿着被撕破和烧坏的西装站在她面前，"没看见这里写着什么？不会读一读？"

大门上确实贴着一个标志，上面写着"禁止入内！"。

"谁想进来,就得先猜出谜题。"女恶魔补充说。

"什么谜题?"薄伽丘颤抖着声音问道,他并不是猜谜的高手。

"你们可以有两个答案,"她突然以不同的、更快的速度说,"准备好了?"

但丁和薄伽丘忧伤地点了点头。

"我等你们先答对第一个问题,它涉及历史领域,问题如下:

二十一世纪初最显著的特点是什么?

(a)听觉的使用

(b)对性的模仿

但丁和薄伽丘凝视着女恶魔,眨巴着眼睛,不知道正确答案。

"你们不知道?好吧,既然你们在飞机上失去了一切可能的帮助,我来告诉你们,正确答案是b。举个典型的例子,免费(因此受欢迎)的电视节目《软色情片是怎样制作的》,在那个节目里,一群年轻男女演示所有可能的单人或群体交媾的姿势,就像动态百科全书一样。但是,他们并没有做爱,他们只是在模仿性行为……遗憾!你们没能正确回答这个问题,你们要继续还是放弃?"

但丁谨慎地问:

"下一个是什么问题?"

"下一个问题更难,这是有关物理方面的,广告之后,你们会听到。"

但丁和薄伽丘依旧站在那里，继续眨着眼睛。

"地狱是放热（放射热量）还是吸热（吸收热量）？"女恶魔提出了第二个问题。

薄伽丘完全想不到如何解答这个谜题，但丁想起来了，来柏林前不久他在互联网上读过这个问题的回答，而且他喜欢那个答案。他有着照相机般的记忆力，于是他按照记住的答案快速回答道：

"大多数专家认为，应该按照波义耳定律得出答案（气体膨胀时冷却，压缩时升温），但我并不那么认为，"但丁继续讲，"首先，我们必须了解进入地狱和离开地狱的灵魂的数量，我相信应该立刻能推断出灵魂一旦进入地狱就永远不会离开。"

"当然了，永远不会！"女恶魔确信地说。

"因此，灵魂的数量会增加，"但丁得出结论，继续抒发见解，"为了了解地狱里有多少灵魂，我们要仔细看看存在于当今世界上的各种宗教。大多数宗教都声称不属于自己宗教的人会下地狱。"

女恶魔信心十足地插话道："当然了，都下地狱！"

薄伽丘依旧只是站着，眨了眨眼。

"因此，结论就是，所有灵魂最终都会落入地狱，"但丁说，"如果是考虑到出生率与死亡率的比例，我们可以预测下地狱的灵魂数量将呈指数级增长。现在我们来看看地狱容积的变化比例，因为根据波义耳定律，为了保持相同的压力和热量，地狱容积与进入地狱的灵魂的数量应该成正比增加。"

此时女恶魔打断了但丁的话："为此应该有两个可能性！"

"确实如此，"但丁同意道，"这给了我们两种可能性：一是如果地狱容积的增加小于进入地狱所需的平均灵魂数量，地狱的热量和压力将增加到足以引爆地狱的程度；二是如果地狱膨胀速度超过它所需的平均灵魂数量，热量和压力会降低至足以使地狱冻结的程度。"

"哪种可能性是正确的？"薄伽丘怯怯地问。

"如果我们考虑——"但丁回答他，"你的女友明确地向我表示，她说，'地狱冻结的速度比你和我发生关系的速度更快'，考虑到她昨天已经和我发生了关系，因此第二种可能性是正确的，也就是说，地狱肯定是放热的，它已经冻结。"

"那结论是什么？"女恶魔问道，她没有发觉薄伽丘已经完全目瞪口呆了。仿佛也没注意到一样，但丁总结说：

"这段论述的结论是：如果地狱已经冻结且无法再接收灵魂，唯一的选择就是天堂会接收它们，这证明了上帝的存在。而这也表明，薄伽丘，为什么你的女友，一直大喊：'啊，我的上帝！我的上帝！'"

"出色的回答，满分！"女恶魔大声说道，"你可以进去了。很高兴有人如此了解地狱。"

于是乎但丁走进了地狱。

"那我呢？"薄伽丘大喊道，"等着我的将是什么？"

"你没有解对谜题。你会被送回去。"

"回去？回哪里去？"薄伽丘吓坏了。

"回去，回到生命中。你对我们来说还不够成熟。"

*　　*　　*

这就是全部吗？后来又发生了什么？

我想，这些你们肯定都知道的，但丁写了《地狱》《炼狱》和《天堂》，就是《神曲》，而薄伽丘写了有伤风化的——《十日谈》。

伊普西皮尔·达斯卡拉基斯

（希腊）

伊普西皮尔·达斯卡拉基斯，希腊诗人、小说家，生于科孚岛，他的童年是和渔民父亲一起在伊萨卡度过的，而后他在贝尔格莱德和雅典学习医学，为雅典的《至今》《新闻》以及塞萨洛尼基的几家杂志撰写文章。著有诗集《错误时间的远征记》和《一小口薄荷茶》，由斯塔尼奥提和赫斯提印刷发行。在他逝世后出版有短篇小说集《希罗多托斯》《有些人不喜欢炎热》《晕船》。在美国五年期间他翻译了美国当代作家的作品，他熟悉古希腊语并发起了希腊经典原本作品在当代的出版工作。他蓄意死于二〇〇一年，留下一封信，信中说他不想生活在新的二十一世纪。

海雷丁·巴巴罗萨的第二次生命

有个古老的传说，与伊奥尼亚群岛有关，与奥德赛的家乡伊萨卡岛有关，与科孚岛有关，与扎金索斯岛和其他岛屿也有关。在那里建造的船只既没有桨，也没有帆。它们被设计成仅仅依靠船尾行驶。我们不清楚奥德赛是不是那样熟练的水手，正因为他先学会的是没有帆也没有桨地在海上航行。不管怎样，科孚岛民长久保持着在海上战胜敌人的技能，即使没有永久的装置或辅助物，诸如帆和桨。

另一件有意思的事情是，科孚岛是唯一未被土耳其人征服的希腊岛屿。其原因长久以来都是一个秘密。最近有另一个传闻揭示了这个秘密。这个传闻声称，一个叫穆罕默德·阿里·贝尼的突尼斯青年人，在上个世纪某个时候受雇于一位英国勋爵，做阿拉伯语翻译。这位勋爵热衷于收集各种各样的珍物精品。阿里·贝尼在君士坦丁堡和塞萨洛尼基的古董店里，为勋爵买入各种奇艺珍品、乐器和书。阿里·贝尼有点迷信，经常在伊斯兰禁止交易日里犹豫要不要给主子买东西。我应当指出，毫无疑问勋爵特别愿意购入与航海相关的物品，愿意为在南突尼斯犹太人定居点织制的虔诚长袍或者用非洲多彩的沙粒制作的瓶中艺术品支付可观的费用。勋爵特别喜欢这些东西。

一次，年轻人和一个商人达成了一笔交易，商人为勋爵推荐了两枚星盘。按照他的说法，这是用在海雷丁·巴巴罗萨的船上的。勋爵要求年轻人立即支付给商人费用并将所购的昂贵器具带来，这些器具曾被水手用来确定船只在航行过程中的确切位置。然而，正好在那些日子里伊斯兰禁止商业交易。年轻人不得不违背自己的意愿完成了交易，但发生了一起事故。当他给勋爵展示刚买到的物品时，手指扎到了星盘上固定天体位置的针。头晕的感觉袭来，他晕倒了，整晚都没醒过来。勋爵请来了医生，医生认为这是某种不健康的睡眠状态，应当立即把他唤醒。在一些草药的帮助下，青年人苏醒过来，但周围的任何人他都认不出来。

"他怎么了？"勋爵关切地问道，医生给出了惊人的回答：

"这个年轻人刚从化身成海雷丁·巴巴罗萨的梦里清醒过来。"

"什么巴巴罗萨？"勋爵大发脾气，受够了这场闹剧。

"难道您不知道海雷丁·巴巴罗萨？那位十六世纪长着红胡子的土耳其海盗和海军上将。"

勋爵当然相当了解谁是海雷丁·巴巴罗萨，但他不能相信自己的仆人有了新的身份。然而，过了几天，年轻人的黑胡须开始变为红色的了。他向勋爵坦白，其中一个已经买到手的星盘从未属于海雷丁·巴巴罗萨。

"我肯定知道哪些星盘用在了我的船上！"

那十分精通航海历史的勋爵给他提了一个问题：

"如果你确实是巴巴罗萨，那么告诉我你为什么从未征服希腊的科孚岛？"

令勋爵惊讶的是，年轻人轻轻地抚摸自己的红色胡须，平静地回答：

"我，著名的土耳其海盗和水手海雷丁·巴巴罗萨，众所周知，创立了土耳其海军，和自己的兄长在一五一八年占领了突尼斯，并实现苏丹的愿望，当上了这个国家的贝勒贝伊①，我当然知道为什么我没有征服科孚岛。"

"为什么？"勋爵粗暴地打断他。

"我带着自己的三艘大型战船出乎意料地出现在科孚岛岸

---

① 奥斯曼帝国一个省的总督。

边，打算占领这个岛。我知道，在我面前的是恐怖的地中海，出现的几艘不大的希腊小船并没有引起我的任何注意，它们从一个海湾突然向我们冲来，异常迅捷，显然他们为这个军事行动选择了最适宜的时机，就是风停的时候。然后意料之外的事发生了，没有风，他们不能再撑起帆布，我的大船不得不靠桨划行，运行速度慢下来了。

"我确信，无风也会使希腊的小船减速，但事实并非如此。我相当发愁，我的船员们指给我看，希腊人没有帆也没有桨的船就像施了魔法般轻松飞快地在我的强劲船队间来回穿梭，从各个方向对我们予以准确打击，他们比我的大船移动得快，而我的船帆却无力垂挂。

"他们为何能动呢？我惊叫道，准是撒旦在帮助它们！我早已在撒旦的尾巴上撒盐①了，我也会在他们尾巴上撒盐的。

"我命令自己的船只调转船头，全力划桨，驶进科孚岛的第一个希腊港口，抛下锚，希腊人在速度上占据的优势立刻消失得无影无踪。他们不敢进这个我的人已经离船而去的港口，于是四处逃散。现在我在陆地上占据了军事优势，我的士兵们杀掉了每一个看见的活物。希腊人退到了最远的岩石上并在那儿筑起堡垒。我们开始追击他们，我和自己的士兵们都不习惯在石头上爬行，没走到一半，突然我感到起风了，顺风，鼻孔中还嗅到了烟味儿。我担心科孚岛民会用希腊人的火把我的船只烧毁，于是我放弃了征服岛屿，说：

---

① 在撒旦尾巴上撒盐意为做一件非常具有挑战性的事情。

"'我们是海盗,巴巴罗萨在希腊的山上做什么?'

"就在我重新起航时,我命令把一个希腊战俘带到面前,问他:

"'你们科孚岛的希腊船只在海里没有桨也没有帆,为何还能动?谁驱动它们穿越海浪?'

"'波塞冬。'

"'谁是波塞冬?'

"'海之神,洋流和水路的主宰者。我们科孚岛民懂得那些尾流和漩涡的语言,读得懂水面上波浪写下的信息,然后相应行事。除了迅疾的海上溪流,他们不需要任何帮助,要知道风和桨是相当不敏捷的。'"

说完这些话,勋爵用简短的问题打断了年轻人的故事:

"难道你真信了,这个希腊人的神能帮助他们在没有桨也没有帆的情况下横渡大海,仅仅依靠船尾的方向盘?"

"我没信,但我亲眼看到了。"年轻人回答道。

就在那一瞬间,他的红色胡须开始变黑。这位年轻人意识到自己并不是海雷丁·巴巴罗萨,而是一直以来的穆罕默德·阿里·贝尼。

小说选或当代世界故事集

马克西姆·亚历山德罗维奇·朱加什维利
（格鲁吉亚）

关于马克西姆·朱加什维利有这样的说法，有说他是个有天赋的骗子。他最早是一名神父，而后成为一名商人。按他的姓氏来看，他有可能与斯大林是亲戚，但这个没有得到证实。他不是专业作家，只把几个欧洲和美国作家的作品从俄语翻译成格鲁吉亚语再盗版。他出过两本小册子形式的笑话趣闻集，销量不错。书中大部分笑话都与格鲁吉亚电影和电影人相关。由此可以推断，他参与过一些电影的拍摄，但以什么样的身份并不清楚。二〇〇五年因被马咬去世，也是在一次拍摄过程中。这里呈现的短篇小说（如果可以称作短篇小说的话）是他向记者讲述的事情，在他去世后被发表在格鲁吉亚一家报纸上。记者将事情记录下来并发表，报纸提供了这篇的标题。

斯大林在神学校

第二次世界大战德国占领期间，我和母亲发现我们在被占领地区内。一个比我稍大的朋友（那时我们在同一所学校）的父亲，偶尔邀请我们这些孩子下午去喝茶。他总是给我们的茶配上一小块糖，有时甚至是饺子，因此我们很乐意去。尽管他总是讲些无聊透顶的故事,并且相信我们是为了听他讲这些故事而不是为了糖。今天我很遗憾已经记不清有关他那些回忆了,他的故事,随着时间的推移,在我的记忆中变得越来越好。

然而,有件事我记得相当清楚,因为讲述它的人可能送掉性命。一天下午,在我们喝茶的时候,我朋友的父亲讲述了一件他确信如果德国人知道他在说什么,他就会丢掉性命的事。讲述人说,一九四三年德国占领时期,如果你和斯大林在一个神学院学习——如他所回忆的那般的话——可比把你扔到冰面之下要严重得多。他的故事大致如下:

> 尽管我在学校时就将鲁斯塔维里的《虎皮武士》熟记于心,父亲还是送我去了神学院。他们把学生安排进一栋又大又丑的两层楼房里,楼里散发出微微腐败的油腥味儿。令我极为惊讶的是,我没有像其他人一样被安排进八人大宿舍,而是得到一个特殊的房间(尽管我自己并无任何特殊之处),里面只有两张床。我拿出自己的东西占了房间的一半,把笔记本、书和换洗衣物塞进像小火车机舱一样的床头桌,便躺下来休息。另一个学生还没到。那个晚上和之后的几个夜里,他的床一直空着。
>
> 神学院开始上课。我已经习惯独自睡觉,直到另一个家伙出现。我不知道他是何时到达的,只注意到他搬了进来,他的东西散落在整个房间里。我还立刻

注意到另外一件事：我最好的笔记本不见了。我以为是这个新来的家伙偷了它。他的头发黑硬、粗糙，像非洲豪猪身上的刺，还散发出胡椒白兰地的味道。我们在餐厅等待食物时，他打断一个正要讲述普斯科夫的事儿的人，给我们讲了个关于卖裤子的笑话。我吃惊地听着。

卖裤子的故事

一个格鲁吉亚人走进一家犹太人开的店，想买裤子。

"这些什么价钱？"他问店主。

"七个卢布。"

"六个卢布。"格鲁吉亚人说。

"做个交易，六个半卢布！"

"五个卢布。"买家说。

"谁这样谈价钱的？"犹太人开始急起来，"价钱不是这么讲的，你也得让一点儿！"

"四个卢布。"格鲁吉亚人一锤定音，当犹太人愤怒地把两只手臂向上高高举起，他只顾挖了挖鼻子。

"白送你！"犹太人愤怒地大喊着，把裤子塞进格鲁吉亚人手里。格鲁吉亚人拿了裤子并没有马上走开，他站在店中央，腋下夹着一卷裤子，环顾四周，仿佛忘记了什么东西。

"你还要什么？"犹太人大喊道，"你可以免费拿走裤子，我白送你了，快点从我眼前消失！"

"好的，"格鲁吉亚人说，"只不过我是来买两条裤子的。"

*　　　*　　　*

当我的邻床讲笑话时，我发现我丢的笔记本躺在他盘子旁边的桌上。

"这是我的笔记本！"我当着所有人的面对他说。

他转过身对着我，仿佛是第一次见到我一样，清晰大声地命令：

"去刮刮脸！马上去刮刮你的脸！"

我十分震惊，问午餐时坐在我旁边的另一位朋友，我该怎么办。他看了看我，仿佛是最后一次看见我一样，低声说："马上去刮刮你的脸！"

我去刮了脸。那个傍晚，在睡觉前，我的室友问我：

"你的床头桌上是什么书？"

"鲁斯塔维里，"我回嘴道，也许是因为傍晚，我变得大胆了些，"你是哪位？"

"我叫斯大林，"他答道，"我已经很久没有读过鲁斯塔维里了，你能背诵他写的东西吗？"

那个神学院的傍晚，我给他背诵了《虎皮武士》的一些段落。之后他开始去哪里都带着我，偶尔让我背诵鲁斯塔维里。后来当我们离开神学院时，有段时间我还和他待在一起。我有点像是他的移动百科全书。

纸剧院

　　当时的我并不知道。后来我才明白，鲁斯塔维里救了我一条命。

杰里米·德德齐乌斯

（加拿大）

杰里米·德德齐乌斯是一位加拿大剧作家，也担任过几部电影的编剧。他用英语和法语写作，英语作品由佳酿国际出版，法语作品由巴黎人贝尔丰的出版社出版。有时人们称他为"代笔作家"——自己写好的作品署上他人的名字。他曾在一次竞赛中获得了"加拿大先生"的称号，二〇〇三年死在非洲。他在剧作中毫不避讳自己的同性恋倾向，戏剧《他人之肤》便是极好的佐证。他抱怨自己活得太久了。他为美国和俄罗斯的《花花公子》杂志撰写短篇小说，其中一篇收录在此。

爱德华·斯蒂普尔伍德，吾爱

爱德华·斯蒂普尔伍德体格纤弱，有一双美丽的黑眼睛，用惊奇的目光凝视自己周围的多伦多。他和这个世界格格不入，从来都不知道自己身在何处。有时候，当你看见他，他会带给你某种能量上的提振，好像你用眼睛喝下了多种维生素果汁一样。有一次（那时我们已经成为恋人），他在梦中突然大喊一声"啊！我的天父！"，当我问他梦到了什么，他美丽的嘴唇吐出了令人难以置信的回答：

"我梦见自己还活着,太可怕了。"

有一次我因为一份工作收到些报酬,我提议一起去非洲旅行。

"去黑人的非洲?"他问道,愣住了。

"不是,去阿拉伯地区的北非,去突尼斯,或者摩洛哥,这些地方不贵。"

"好吧,但有个条件,去之前我们得先结婚。"

我十分震惊,说在这世上还没有这样的事情,两个男人怎么能结婚呢?

那时的我认为他仍旧坚决又固执。于是撇下他前往突尼斯,独自待了十五天,歇口气,也想想我和他之间的关系。

但这没什么好的。那里的树木都闪着啤酒的光泽,每一片叶子都那么发亮。浪花拍打着海岸,如果把脚伸到沙子里面去(甚至穿着袜子),都会感受到治愈。可我没有找到平静。我一直想着爱德华·斯蒂普尔伍德,想念他头发的芳香、他的腰。其余的都慢慢地、不可避免地从记忆中溜走,淡忘了。

离假期结束还有很久,我决定去沙漠旅行。我们被带着参观了绿洲里的一些科普特人和柏柏尔人村落,看到在盛装打扮的河马上一种类似男子芭蕾的表演,如果需要的话,游客可以付钱进入帐篷,里面的女占卜师会预测他们的命运。有人提醒我们,占卜师生来就是哑巴,这正是她的预知魔力所在。尽管我并不相信什么哑巴占卜师,我还是决定进帐篷探个究竟。

意想不到的事在帐篷里等着我。帐篷中间有张大圆桌,上面有一只活的变色龙。那位占卜师的头上插着骆驼骨的梳子。

她让我坐在桌旁,变色龙就在桌子中间。那时我才看到我自己坐在什么中间——周围充斥着各种各样的物件,小桌子、橱柜、花瓶、椅子、灯、里面画着鱼的陶碗、玻璃器皿、金属小玩意儿、铜制品、银链子、木制烛台。我们被一堆破旧垃圾包围了……

老妇人示意我安静下来,然后从桌上拿起变色龙放在我的肩上。变色龙舒服地蜷缩了一下,变换几种颜色,最后停在我的左肩。它用一只旋转的眼睛看着我,那个眼神我永远都不会忘记。它用左眼和右眼分别看着我。

接着,那位哑巴占卜师开始做事了。我与她讲了自己与爱德华·斯蒂普尔伍德的关系困扰,以及我为何独自一人来到这里。占卜师虽然是哑巴,但不聋,她听懂了一切,点了点头,算命开始了。令我惊讶的是,她慢慢地把各种物品摆到我的面前,而后看了看什么东西,用自己不会说话的嘴唇咀嚼了一下,不时看看待在我左肩上的变色龙。起先她放了一个筛子和一条活蛇在我面前,也就是在变色龙面前,它蜷在我肩上(毫无疑问,它在这个仪式中也起着某种作用),变换了颜色,女占卜师飞快地——仿佛放弃了什么,或者突然改变了主意——拿出其他的东西,现在是带着捣槌的黄铜研钵和装满无花果的盘子。她尝试了好几次都无功而返,不停观察变色龙变换的颜色。接着,她在我面前放了三个瓶子,一个小的、两个大的,还放了一把奇怪的木椅子。椅子被涂成蓝色,而且高到坐不上去,除非被人抬上这宝座,或者借用梯子。这时,变色龙变红了,占卜师拍了拍手,指给我看在我面前立着的东西。那就是我的预言，不能用的蓝色椅子和三个瓶子。我目瞪口呆，想问问她些详情，但她从我的肩上拿下变色龙并把我领出了帐篷，我的时间到了……

我回来了，发现爱德华·斯蒂普尔伍德在公寓等着我。我们继续生活在一起。有时晚上关灯前，我会给他讲非洲、地中海，那位哑巴占卜师，讲我们面前整整三十年不可见的未来。

时光流逝，世界也在变化，同性结婚被许可，爱德华·斯蒂普尔伍德和我终于结婚了。我们都变老了，但我们很幸福。我们去突尼斯度蜜月，在那里，我们终于明白帐篷里那个带着变色龙的哑巴占卜师的奇怪预言是什么。

我们雇了一位出租车司机带我们游览突尼斯，他对此一无所知。但一些老人知道。那些瓶子用各种芳香液体填满——一个大瓶是全屋香氛，另一个大瓶是身体用的香水，需要带到土耳其浴中，小瓶则是喝薄荷味儿的茶用的。高高的蓝色椅子是为了把新娘的嫁妆安放在座椅和地面之间的大空间里。所有这一切，都是新婚礼物。我的预言，也就是我和爱德华会和好以及结婚的预言已经实现。

突尼斯的风呼啸着，拍打着我们的耳朵，带给我们来自撒哈拉的沙粒。就在这里，我们按照科普特人的仪式举办了婚礼，爱德华·斯蒂普尔伍德成了坐在高高的蓝椅子上的可爱新娘。我们收到了三个瓶子的礼物，一个小的、两个大的。

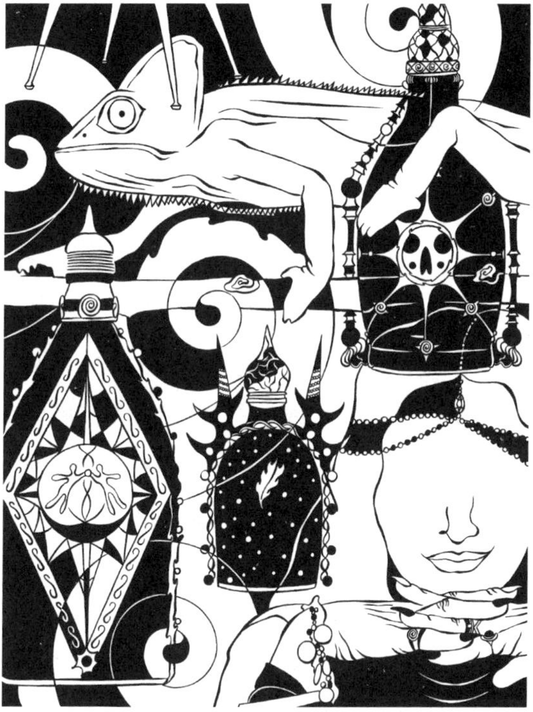

穆罕默德和阿里·本·伊尔季穆里

（土耳其）

人们对君士坦丁堡作家穆罕默德·本·伊尔季穆里一无所知，甚至有人认为这也并非他的真名，因为他上世纪末发表在土耳其报纸上的短篇小说并未署名。他用土耳其语和英语写作，其中一些作品不是写给土耳其读者，而是写给外国读者的，仿佛在向毫不了解的人讲述土耳其传奇，给人留下了不同寻常的印象。基于这一点，加上他与小亚细亚次大陆的"矫揉风格"联系到一起的句式，他的身份才被确认。二〇〇〇年，伊斯坦布尔出版商阿加杰·伊阿伊恩日雷克与他协商出版名为《雨汤》的短篇小说集，但这本书终究没能问世。名句"土耳其帝国的衰落是埃及的过失"被认为是阿里·本·伊尔季穆里所说。

另一个伊尔季穆里的存在，使得他的身份进一步扑朔迷离。他叫阿里·本·伊尔季穆里，有传闻说他是穆罕默德的孪生兄弟。根据流传到二十世纪的口头传说，二人共同创作。还有一则从埃及传来的传说，他们都在英国学习过水利管理，而后在苏伊士运河的维护工程中担任工程师。他们以阿里·本·伊尔季穆里的名义，在君士坦丁堡的米托斯出版社出版了长篇小说《用于膏抹的茶》和《叫讷拉的骆驼》，还出版了两本英语的短篇小说集。他们留下了大量的手稿，如《伊斯兰的盐》。收入本书的这篇短篇小说是在一九九九年阿里·本·伊尔季穆里逝世后面世的，尚不清楚是否由阿里与兄弟共同创作，但这很有可能，因为人们认为穆罕默德·本·伊尔季穆里在阿里·本·伊尔季穆里逝世后，就停止了写作。

有可能，他们，就像我们，也曾是恋人

二十一世纪初，著名的君士坦丁堡博物馆托普卡帕宫（原奥斯曼帝国苏丹的官邸）经历了一次不同寻常但重要的改变。博物馆管理部门决定修订其展览政策，正如开罗的埃及博物馆，不顾多方反对，最终决定向公众公开展示法老的木乃伊，但这样做，实际上是对那些永恒死灵的亵渎。在君士坦丁堡托普卡帕宫，他们最后决定向参观者展示著名的土耳其苏丹的内衣物，包括苏莱曼大帝、穆罕默德二世和其他人。现在，到访者只需购买博物馆门票、在宫廷餐厅买些茶，就能看到苏丹们穿过的内衣，也会发现这件内衣类似后面又大又尖的男式长衬裤，紧身的贴身衬衣带有分衩的衣袖。

但只是一眼看上去。那件内衣物完全不同，它可不是给苏丹用来保暖的，自然有人会照料苏丹们不致受寒。它被极其精美的几种珍贵彩色刺绣完全覆盖，然而，这也只是一眼看上去。因为在这个世界上，任何事物都不是第一眼甚至第二眼看上去那样。刺绣不是普通的刺绣，而是，如果你更仔细地观察，如果你能从右读到左，就会从中读到大量的诗篇文本——

《古兰经》中的章节，保护苏丹的精神和身体不被敌人、伤痛、疾病和事故伤害的术语和咒语。所有这些铭文、符咒、祷文或曼荼罗，无论你怎样称呼它们，目的只有一个：保护苏丹的生命和健康免于任何可能出现的事故，绢布的颜色、绣花线织进的"抵御诅咒"铭文，也都起着非常重要的作用。红色被认为可以保护苏丹免于爱情里的厄运，绿色确保苏丹所骑的马蹄下的道路总是长满青草，黄色保护苏丹的心脏免被来自左侧的刀刺伤、紫色则保护其免受来自下方的刺杀，蓝色保护他不受剑伤，黑色则是不被箭射……

值得注意的是，博物馆并没有展示托普卡帕宫秘密库房里的大量内衣物。也许他们并不想倾其所有，但另一方面，众所周知，苏丹的内衣物并不允许被扔掉。它们要么按照特殊仪式被埋在地下，要么被存放在宫殿的地下室内。因此，自然而然地积存了相当数量的内衣物。

无论如何，总算有一天，至少能在博物馆里看到其中的一部分了。好奇的到访者来到托普卡帕宫，可以透过展示的玻璃橱柜读到那些铭文，苏丹穿戴的那些私密衣物终于得见天日：袜子上用丝线绣出一条蛇，保护苏丹骑马时的腿；马毛织成的无指内手套，确保苏丹弓上的箭永不失手；在珍贵织物衬里和统治者的"私服"上绣着各种各样丝质图样里的铭文！星簇在天球中的位置和苏丹出生时所处星座的方位被重新呈现在他的衣物上，表现出对苏丹及其意图最有利的姿势，使他的衬衣看起来像是闪烁在天空中的占星图。在巴耶济德一世白如雪的衬衣上，心脏区域倒绣着两只人类的眉毛和眼睛，眉毛在下，眼睛在上。

"这是什么意思?"我的未婚妻开始感兴趣了。

"就是说,每个接近苏丹的人的右手,在这种倒转眼珠的注视下,都会变为左手。"

在苏丹塞利姆一世解开的缠头巾上,金线交织编成的铭文写着:

"让任何长矛都飞离苏丹的靴子上方六十一肘尺!"

"为什么正好是六十一肘尺?"未婚妻很好奇。

"因为一个人被创造成身高离他的鞋六十肘尺。因此,无论他是坐着、站着还是骑马,任何长矛都会飞过苏丹的头顶上方高过一肘尺……"

我承认,有段时间我常和未婚妻来到博物馆,阅读这些绢布编织成的书法,上面挂着五色的粗绳。我特别喜欢一条精致的围巾,它编织成可以保护苏丹穆拉德二世的眼睛和嘴不受风、沙子和尘土的侵扰。围巾上写着:

"永远不要伤害任何人类,这不是人的脸,而是按照上帝的形象所创造的!"

这些铭文和咒念通常是针对可能对苏丹构成威胁的假想敌人。在破译它们时,我没注意到一些东西,但我爱人立刻发现了,并最终引起了我的注意。在一条属于苏丹塞利姆三世的大灯笼裤上，我们在前裆周围发现用劲冲洗过的、像铁锈或是血迹的东西。当然，博物馆确保一切都得到了妥善的修复，干干净净、熨烫得整整齐齐地呈现在世人眼前，但显然，他们无法完全清除这个细节。

"因为那是女性的血。"未婚妻小声对我说。

"你怎么知道？"我惊讶地问道。

"凭经验，女性的血更难洗掉。因此留有污点。"

她对这些细节的把握使我震惊。

"还有一件事，"她补充道，"这不是月经血，而是伤口流出的血。也许来自被损坏的处女膜……"

"你可能接受过助产士的训练，"我说，"你能从血迹中读出故事来。"

"你可以读取写在细绳和手套上的诗句，而我可以从血迹中读出信息。无论如何，这里还有更多能读出来的。在那里，在裤子前裆下面，也有一滴混了血的污渍，但不是女人的。"

"怎么能知道这一点呢？"我再次表示怀疑。

"可以的。女性的血颜色更深，如果仔细观察，你会发现留在左裆的这块污渍比我们之前看到的更亮。所以它是男性血液的痕迹。"

"那这能说明什么？那个塞利姆三世尿血吗？"

"你为什么对他这么刻薄！对她也是。"

"她叫啥？"

"我怎么知道她叫什么。但他的衣物上留有她的血迹，她一定存在过。你还不明白吗？塞利姆让她失去了贞洁。一目了然！看，这里，这是她处女血的痕迹。所以，让我们尊重他们。也许他们和我们一样相爱。"

"像我们一样？"

"是的。"

"但苏丹塞利姆三世的血是从哪来的？"

"这意味着她也让他失去了贞操。

"你的意思是？"

"我必须向你解释这件事。当一个男人行割礼时，有时候操刀者并没有做好自己的工作，留有一根几乎不明显、切割得不够深的的筋，拉得很紧。在第一次性交时，它通常会断开，出一点儿血，但这不是什么大不了的事，一切都会很快恢复，比一个失去童贞的姑娘还快……"

"你是在说给苏丹塞利姆三世行割礼的御医手抖了，割刀切得不够深？你不是在说他们……我是说苏丹塞利姆三世和他的那位女士……他们同时失去了童贞？"

"是的，亲爱的，这是我听过的最美妙的爱情故事之一，因为与用男女鲜血写成的真实爱情故事相比，你从绳上读到的织物信息一文不值……

"你是在苏丹的内衣物上读到这些的吗？"

"不。我从拿门票时得到的博物馆目录小册子中读到的，你那会儿扔掉了，但我没有。"

"给我看看！"我惊呼道。

"不能了。我读完内容后，也扔掉了。"

我们离开博物馆时，在门口我固执地要求他们给我一个和

纸剧院

门票一起提供给游客的小册子，但得到了明确答复：
"博物馆除了门票，不会给到访者任何小册子！"

米洛拉德·帕维奇

（塞尔维亚）

塞尔维亚诗人、剧作家、小说家和故事作者，米洛拉德·帕维奇以未被收录进德国当代塞尔维亚诗歌大选集而闻名。此外，他以其小说《哈扎尔辞典》在中国的事件出了名，详见《大英百科全书》。一位戏剧评论家指出，我们这个时代的塞尔维亚剧院将因塞尔维亚的舞台不排演帕维奇而被后人铭记。他还是一位研究西班牙文学的专家，找出了所有未曾提及帕维奇的西班牙文献。俄罗斯小说家维克多·叶罗菲耶夫在自己的一部作品中以帕维奇为角色。另一位作家以帕维奇的名义发表了他的故事。有恶意谣言称，帕维奇是有史以来被翻译最多的塞尔维亚作家。

一百五十步

你会爱上一座城堡吗？你会！我就爱上并依旧爱着贝尔格莱德的卡莱梅格丹城堡。它建于罗马时代，建在公元前四世纪古凯尔特防御工事的废墟上。卡莱梅格丹城堡历经数个世纪的兴衰，一次又一次被摧毁又重建，现在由下城和上城组成。贝尔格莱德的下城（或称郊区）呈半圆形，从多瑙河一侧鹅卵石铺就的维丁门,延伸至有时会被萨瓦河淹没的黑门。两条河上都曾有过码头,船只运来食物和燃料,城镇居民在这里建立了定居点,两座教堂、一座土耳其浴室先后耸起,它们上方是城市法院,如今只有美丽的窗户和两旁的座位保留了下来。一条陡峭的山羊小径沿城墙横穿,从火药库延伸到上城的宝藏门。当你在多瑙河岸边停泊着的一家水上餐厅里享用鲟鱼时,就可以从河上欣赏到上下两城、暴君拉扎列维奇之门的塔楼和亚克西奇塔之间的美妙景致。如果你再搭配饮下一点儿"马血"红酒,并用上上世纪塞尔维亚诗人拉扎·科斯蒂奇的著名诗句作为点缀,那景色将会变得更加美丽。那些诗句有点像是诗歌的"魔方"——无论你如何拆组,它们都能押韵:

> 这样谋生能行吗?
> 在酒馆里整晚吃鱼
> 这样能赚生计吗?
> 整晚在酒馆里吃鱼
> 这办法能过活吗?
> 在酒馆里整晚吃鱼

但为什么会爱上一座城堡呢?有几个答案。首先,我的妻子尤斯塔西娅,我,画家米哈伊洛·格洛瓦茨基,当我们还年轻无畏时,经常去下城。我们疯狂地爱着对方,有时带着当时还不到五岁的儿子去那里散步。其中一个散步的夜晚,我们和他玩躲猫猫游戏,现在我们不再玩了,因为我们的儿子已经长大，玩这个游戏不再可能，而我和尤斯塔西娅也老了，我们意识到这个游戏太过残酷，不宜重复。不久后，我们甚至感到有点儿羞耻。游戏是这样进行的：

他俩坐在长凳上，我穿过其中的一道门。接着我直接掉头，我们的儿子看到我从黑暗中走出来，会激动地说：

"爸爸来了！"

到这里，游戏正式开始，尤斯塔西娅小声对孩子说：

"那不是爸爸！你看不出来那是别人吗？你搞错了！"

这时我会用下一招，从我妻子和儿子坐着的长凳旁经过，仿佛不认识他们一样。尤斯塔西娅会叫住我：

"先生，请问，您见到画家米哈伊洛·格洛瓦茨基了吗？他刚从这里经过。"

孩子惊呆了，默默等着接下来会发生什么。

"我从未听说过这个名字！"我答道，好像那不是我的名字，或者像某个夜晚，我是这样回答的：

"我见到了，夫人，我见到他了。如果是那位画家的话，他沿着这条路往维丁门的方向去了。"

游戏的高潮出现在另一个晚上，尤斯塔西娅坐在长凳上问道：

"女士，请问，您有没有看到刚刚从这条路经过的一位穿浅色外套的先生？"

这时我毫不犹豫地回答，仿佛真是一位女士：

"没有，我没看到穿浅色外套的男士。"

然后尤斯塔西娅给了我决定性一击，她问我：

"您看到一个戴着红帽子的小男孩经过这条路吗?"

听到这话,我们的儿子拼命扯着他妈妈,指着自己的红帽子大喊:

"妈妈!我就在这里!你看!我在这里!"

孩子站在那里浑身发抖,试图说服我们俩某件我们无法理解的事情,然后在惊恐中沉默了,他害怕我们再也不认识彼此,我也不认识他。最可怕的是,自己的母亲也不认识他。

   *   *   *

在下城,我第一次从一位狗主人(他每晚都带着哈士奇到这里来遛)那儿,听到了关于一百五十步的故事。简言之,谁要是能在卡莱梅格丹城堡中找到两个距离正好一百五十步的点,就能看到并知晓真相。后来,我从一个女人和一个老人那里也听到同样的事,表述方式不同,有些可以理解的改动。但谁都没有告诉我他们是否在卡莱梅格丹找到正好相距一百五十步的两点,以及他们是否看到了真相。

那时,我妻子尤斯塔西娅有一群朋友,他们有个习惯,就是各自旅行归来会互送一些不同寻常的小礼物。虽然尤斯塔西娅一直希望收到一个盖革计数器,但从未有幸收到这样一个礼物,我们在蓬皮杜中心没能买到,但知道了它在巴黎的哪里有售。取而代之,一位朋友送给我妻子带有她姓名首字母的可爱名片,其余的内容、全名、地址、电话和手机号码等,必须由她手写填上。迷人。像一百年前一样。另一位朋友从德国给她带回一个计步器，一个别在腰带上就能计算你走过的步数的小玩意儿。

尤斯塔西娅和我们如今已长大许多的儿子，晚上经常去卡莱梅格丹城堡散步。一天晚上，他们散步回来，气喘吁吁地告诉我：

"我们找到了你说的一百五十步！计步器正好显示了从暴君门（上面矗立着天文台的塔楼）到亚克西奇塔中的咖啡馆有多远……"

尽管这两个建筑物属于不同的历史时期——亚克西奇塔是在我们这个时代翻新的，而暴君门可以追溯到十五世纪。我想，在这两个地方当中至少有一个，我或许可以作为陌生人去了解故事的真相。我可以合情合理地假设亚克西奇塔是在它曾经矗立着的地方重建的，因此，真相就在其中一座塔里等着我，我只需要敢去做。此外还有一点很重要，我应该选择哪一座塔。我可以在咖啡馆和天文台之间选择。我选择了咖啡馆。

于是，有天晚上，我独自去了亚克西奇塔，给自己点了一杯饮料，立刻在隔壁桌看到我前来寻找的人。我看到了我的真相！那是年约二十八岁的年轻女子，金发，鼻子有点长，很漂亮。她在喝可口可乐。女性的乳房通常有如梨状，或像苹果，或像由这些水果制成的蜜饯。她的胸部是我最喜欢的那种——像梨，透过她的外套我都能看清楚。透过外套？当然什么都看不见，我只是能感觉到她的胸部是什么样的。我知道。而且不仅如此，我渴望那对乳房。但让我恐惧的是，我不是想去触摸、去挤压它们，不是想把它们放进嘴里吸吮，而是，我想拥有它们！让它们长在我身上，让其他人，也许是坐在她旁边的年轻男子，对它们做我所说的一切……坐在她旁边的是一个穿黑色 T 恤、身体紧绷的年轻人。他每次喝东西都闭着眼睛。我不知道他是谁。过去也从未见过他。

"我送你回家。"他出于保护说道。那是我从那张餐桌上听到的第一句话。

"可我住在很近的地方，多布拉奇纳街二十三号！"她委婉地抗议。然后他们一同起身，走出塔楼。

而我呢，我留在那里，留在我的真相中，被它惊讶，被它吓呆了。那个女孩，那个喝可口可乐的女孩，确实是我，三十年前的我。她甚至住在多布拉奇纳街二十三号，我曾住过的地方。那是我的真相，直到我也离开塔楼。

外面，明亮的月光穿进公寓，一个新的念头像飞驰的火车一样冲击我：现在我应该也去天文台塔瞧瞧！那里现在有许多人在观星，也许我会找到另一个关于我的真相？

但我没有走一百五十步去天文台，而是缓慢地沿着小卡莱梅格丹，走回我在多尔乔尔的公寓。

不用了，谢谢！我想。这对我来说已足够了。

小说选或当代世界故事集

三宅俊郎

（日本）

三宅俊郎（一九七六至二〇〇五），日本小说家、作曲家。其父母住在纽约，他出生在那里，曾就读于哈佛大学，在巴黎学习音乐。作为作曲家，他以创作了《液体时间》闻名。他的书由东京创元社和松籁社出版。他曾写道："在北非，人们从右到左思考和计数，在日本则是从上到下，在埃及则是从下往上。"他在一场车祸中去世。

磁　带

早上好。我现在正坐在车里，把这些话记录在磁带上，我正沿着从潮岬通往横滨的公路行驶，时速六十英里。马自达车里除了我之外没有其他人，我要在到达横滨之前创作一个新故事，中途不作停留。车的周围是早晨，而在我的故事里，右边是汪洋大海，广袤的树林，黑猫像鸟一样蹲坐在树枝上。来，听听海浪的声音。（**磁带上可以听到海浪声**。）这是太平洋，它在用声音介绍自己。它不断改变自己的名字……

是的，名字。你是不是应该先想一个故事名，预先起好标题，还是把它加在最后呢？在我看来，起初这些故事都没有名字，那是在后来才流行起来的。就让这个故事叫《磁带》吧，暂时。那么，我应该先思考出一个冲突和解决方案，还是先用些人物来填充我的车和故事呢？在二十一世纪初的今天，谁能成为在车里构思故事的关键人物呢？首先，当然是作家。没有他，也就没有故事。但他在开车。因此，在故事中出现了我。你不知道我是谁，甚至不知道我是男人还是女人。从我用手机的经验来看，你也不能通过我的声音来判断，你做不到这一点。无论如何，作者既可以是男性，也可以是女性。所以，我们已经有了两个重要角色：故事的女作家和故事的男作家。他们就坐在前排座位上。

现在我们继续想象角色，谁是下一个？当然是故事的女主角。我已经看到她了。她戴着一顶草帽坐在我身后，上面装饰着满满的人造水果，还有真蜜蜂从窗户飞进来，因为在故事里夏天即将结束。她用眼睛停顿地凝视着，就像在音乐中的休止符，如果你明白我说的是什么……对不起，我的手机响了……（**磁带上传来手机铃声。**）"妈妈，你想问什么？……我在开车……是的，我要开车去横滨……车上还有其他人吗？有。有两个……他们是男人吗？不……男女都有……妈妈，我在开车，快告诉我，你想问我什么？我不明白……他们是怎么冲水的？我不知道。"（**可以听到电话被切断。**）

我们在哪里？我们不能停下来。这是前提条件。现在，我们已经把女主角安置在车里了。还缺少谁？读者？这是一个男性角色吗？让我们也介绍一个男性角色吧。我们搭载上他。他坐在后座上，像所有读者一样读着书等着。他在等什么？我好奇。哦，好吧，后座的两个人都在等我给他们起名字，给他们起个欧洲名字吧。他，我们的读者，叫二月；而她，故事的女主角，叫三月。车已坐满，可故事还是空的。现在该怎么办？外面仍可看到月亮，尽管现在是白天。哦，是的！他们刚开始了解彼此。故事进展很快。你能听见他们说话吗？

二月："再给点油，我们像这个世纪一样缓慢爬行。"

三月："哪个世纪？"

二月："当然是二十一世纪。太慢了，才刚开始提速，它的屁股还停留在上个世纪。"

三月："你想一切都快点吗？快进快退？我不喜欢速度。"

女作家（声音很低地说）："这取决于你多快能一个接一个地完成。"

三月："你最好保持沉默，你听起来像我妈。你旁边那家伙怎么不能慢点儿，他好像我爸。"

女作家："他根本没出声。"

三月："当然，你在他旁边他一句话都说不出来，跟我爸一样，闭嘴开车。"

男作家："如果我不开车，我们就会停下来，故事就不存在了。"

三月："我完全不在乎你的故事！放慢速度，我告诉过你了。"

（麦克风再次对准开着车的男作家。）

三月提出的要求对我有益，现在我有更多的时间来想故事了。然而，这与我追求速度的那部分个性有些对立。一条好路、一辆好车——谁不想马上结束呢？但是，附体于我的女作家（我旁边座位上的人）正在抗议。她也不喜欢疾速驾驶。她也喜欢慢慢地，但不是女主角喜欢的那种慢。于是这引发了一场争吵——二月（读者）要求我加速，否则他就在第一个停靠点下车。

实际上，一路上不会停车，因为那样的话就没有像我们这样沿着路驶向横滨的故事了。但三月（女主角）认为我开得太快，要求故事的女作家代替我坐在方向盘后。她是一位女士，她不喜欢像男作家们那样疾速行驶。这时，二月（读者）参与了进来，坐在后座开始调整车子行驶的速度，以及故事的进程……

现在我们和故事开始以可怕的速度猛冲，在滨松市前面的一个拐弯处，大海倾斜得厉害，我感到自己正在失去对车子的控制，不得不停下……

（此处，磁带记录了一声可怕的撞击声，变成"黑匣子"，就是飞机失事后在残骸里发现的那种，证明了事故发生前的事情发生顺序。汽车被发现撞坏在路边，车内有四个人——一对成年人和两个孩子。男人和女人坐在前排，当场死亡；孩子们逃了出来，未受重伤。他们从车里出来时，女孩头上仍旧戴着那顶饰有人造水果和几只活蜜蜂的帽子。）

纸剧院

克拉拉·阿斯凯纳齐
（以色列）

克拉拉·阿斯凯纳齐出生在萨拉热窝的一个犹太家庭，她母亲来自内哈敏家族。她在美国学习电影导演，目前在贝尔格莱德一间租赁公寓居住，正在为国家地理频道拍摄一部关于黑山和多伊兰湖的影片。她研究过文艺复兴时期犹太人在杜布罗夫尼克的生活。当被一位记者问及她最喜欢阅读的内容时，她答道自己最认真仔细阅读的是所有用户指南：手机的、电脑的、制冰机或化妆品的。谈到旅行广告时，她表示自己做的第一件事就是阅读脚注，因为那里隐藏着真实的价格。她的出版商是来自特拉维夫的 Ma'ariv 图书协会。出版有长篇小说《无月之年》，短篇小说集《生活在车站》《瓶中光阴》，本文同名故事取自其中。

瓶中光阴

我的记忆力一向很差，空间定位能力也很弱。小时候记住名字对我来说真是一种折磨。旅行中也是如此。在最简单的十字路口、在最不用思考的气候下，我都难以适应，而且发现拿张地图比处理交叉口的沙尘要来得容易。在沙漠里如何不迷路对我来说仍旧是个谜,尽管我的所有祖先在沙漠中都如鱼得水,至少我是这样认为的。相反,在艰难而复杂的时刻、在大城市的街角,我立刻就知道应该往哪个方向走,这样父亲、母亲和我才能到达目的地。

"那才是我的好姑娘!"——那时父亲得意满满地说。还在上学前,他就教我读和写。事情是这样的,他给我看了自己的笔记本,一整排装订精美、小巧而色彩斑斓的笔记本。他把一辈子的事情都写在了里面。

"他永不会忘记往自己日记里写上一两句。"母亲谈及父亲时说。

就在我也想像他那样写日记的时候,他说这些实际上并不是普通的日记,而是,像某位诗人所称的,"梦的记录"。他教我写作,这样我也可以记录下自己的梦境。他给我买了一部诺基亚的小手机,说:

"你可以用这个记录你的梦。从这些记载中,你可以了解很多关于自己的事,但不要把每个梦都记下来!你只要记下在现实生活中也重复出现的那些梦。也就是说,梦反映现实中已经发生过的事情,或者与现实相似、预言现实。"

"我怎么能辨别出这些梦呢?"我问道,立即得到答案:

"它必须至少包含三样东西中的一样:一个不认识的男人或女人,某种气息或味道,最后你要观察梦中是否出现熟悉的地方或动物。这样的梦你要详细地记录下来,在它们消失之前迅速记下来,因为梦往往有消失的本性。穿双袜子的工夫,梦就消失了。所以,当你醒来时,你要尝试马上温习所有内容,就像在学校里做功课那样。醒来时回想梦里所有的细节。此外，做梦时，梦境是可以控制的。但这个对你来说还为时过早，而且，要是我告诉你如何在睡眠中控制梦境，对你的健康也不利。现在，你只要知道梦是变幻无常的就足够了。梦就像一只两条船尾的小船，一头你无法牵引更无法赶走的顽固野兽，它们会朝着相反的方向前进……别以为梦很容易。这就像开车一样，你学开车就会明白，每一次驾驶都是一连串的第一次。没有什么会重演，每次你都必须重新做决定。想象一下，有人把你所有的时间都放在一个瓶子里，用软木塞塞住，然后把它扔进海里，寄给你。试着找到你自己的瓶子……"

"梦境比头脑更重要吗？"那时我问父亲。

"我不知道，"他答道，"但经验告诉我这个：在这个世界上，让我挣到最多钱的是别人的愚蠢，而不是自己的头脑。"

*　　　*　　　*

我不会用自己在诺基亚手机中记录的所有梦来让读者感到厌烦。顺便说一句，父亲在教我他所知关于梦的一切之前就去世了。在这里我只引述一个，我的最后一条记录。内容如下：

"夫人，您怎么了？夫人，您还活着吗？"我急迫地问道。在这个梦里，一个我不认识的男人一动不动地躺在桌子旁的扶手椅上。在海边的玻璃餐厅，只有我们两个人。他和我。其他人都已吃完晚餐，去了别处，可能是海滩公园。很明显，在午餐时他就死在这里了,期待着某种愉悦时刻。但荒诞的是,在梦中,我对这个老男人使用了女性的称呼,就好像他是一个在等待与心爱之人相见时死去的情妇。"

之所以记录这个梦,是因为这个梦的男主角,在现实中,正如我所说,我并不认识他。我只在梦里认识他。那个梦之后三年过去了,我已经觉得它没有任何价值,它不会告诉我关于我或者我生活的任何事情。那时我仍然每个月一次在有流动水设施的犹太浴室里清洁我的名字和身体,仿佛我的丈夫在四年前并没有死去一样。有一天我们聚在雅法,庆祝一场婚礼。我们坐在一个玻璃餐厅里,可以听到地中海的阵阵波涛声。在我身旁坐着一位胡须修剪得相当漂亮的老先生,他看起来非常快乐。我相信使他开心的是我偷瞥到一个年轻女孩转向他并用一种非常奇怪的眼神盯着他的表情。女孩的目光十分坚定,全是为他而来。我想他们不用言语就彼此明白对方并达成共识,她会和其他人一起离开,而他则会停留一小会儿,然后去找她。毫无疑问他们在隐藏两人的关系。一切都照他们的约定进行着。客人们离开餐厅时,我认出这是梦中那个空荡荡的玻璃餐厅,我旁边的陌生人,也意识到梦中发生的事情也正在现实中上演。然后,一切就这样发生了。

在我的生命或死亡进程中最后听到的,是一位留着漂亮胡须的陌生男士说:

"夫人,您怎么了?夫人,您还活着吗?"

小说选或当代世界故事集

约恩·奥普列斯库

（罗马尼亚）

奥普列斯库，可能是本选集中最年长的作者。他记得米尔恰·伊利亚德还活着。一九二八年生于阿拉德。他用法语发表诗歌，他的戏剧《晚餐时间》和《两人安全的生活》从未在罗马尼亚社会主义共和国上演过。简而言之，他的创作命运非同寻常。他先是在苏联被禁止，在西方被视为异见者。在新的俄罗斯联邦诞生后，那里非常积极努力地翻译他，而西方这时建议其出版商不要出版他的作品。他写过短篇小说集《狗与乞丐》《被雪覆盖的夏天》《天鹅》。他出版了罗马尼亚贵族娜塔利娅·凯什科的小说化传记。他仍住在蒂米什瓦拉。布加勒斯特的星星和平行出版社出版了他的作品。在一次报纸采访中，他承认自己极其懒惰，自己的所有作品都是在床上写的。

爱的通信

这个故事的读者需要做许多的工作：读者将不得不得出最终结论。故事里的主角们需要做的略微少一些，他们都曾真实存在过；需要作家做的最少，他只要在故事下方签上名就行了。但是，现在我想了想，那也并非无害。

这个故事有三个主角，一位女士和两位先生。女士很漂亮，生于罗马尼亚。她拥有令人难以置信的财富。从肖像画的描绘来看，她是一位丰满的黑发美女，有着傲人的胸围。在那些画作中，她的裙子都因丝绸下的身体溢出而爆裂。她是娜塔利娅·凯什科，嫁给了米兰·奥布雷诺维奇。她的职务——塞尔维亚王后。虽然这对夫妇有个儿子，是王位继承人，他们的婚姻并不是十分完美，她因此经受了许多困扰。有些是她自己造成的，有些则是她丈夫造成的。

第二位主角是米兰一世——塞尔维亚国王米兰·奥布雷诺维奇（故事开始时，他已于一八八二年称王）。米兰一世有时受一些沉重的梦境困扰。在贝尔格莱德，离宗主教区不远的地方至今仍有一处校园，曾与东正教大教堂的院子相连。有时候，当一只"丘玛①"侵入他的嘴巴，搅弄他的舌头，米兰一世梦见自己正在用一匹黑马拉着的一把犁，耕耘院子里的粉红色石板，黑马那时睡在皇家马厩里，还有一头实际上并不存在的白牛。米兰一世有几种狂热爱好，一是赌博，二是女人，三是法国印象派画家。必须承认，他是一个糟糕的赌徒。有恶意谣言称，他差一点儿就输掉了自己统治的国家。米兰·奥布雷诺维奇在两场战争（与土耳其和保加利亚）中失败后退位，成了他儿子——新国王亚历山大·奥布雷诺维奇的国防部长。人们记得那时的他戴着军帽、穿军大衣，在雪中穿过贝尔格莱德的主街，走向他的办公室所在地卡莱梅格丹城堡。他将剑夹在腋

---

① čuma，塞尔维亚神话中瘟疫的化身。

下，仿佛领着一位高贵的女士在散步。他组建了一支军队，这支军队会导致他儿子的覆灭，也就是整个奥布雷诺维奇王朝的倒台。然而，同样是这支部队，却在后来的两场大战——巴尔干战争和第一次世界大战中获得胜利。米兰一世知道未来会比现在更快。

此外，米兰一世在法国画家身上取得了最多的成就，他开始在巴黎购买印象派画家的画作时，它们的价格甚至还微不足道。这些倒不是他在巴黎唯一的爱好，他的妻子、娜塔利娅王后曾用一个法语词来传达："公猪！"他退位后前往自己在罗马尼亚的庄园，彼时有一首塞尔维亚诗歌这样描述国王与女人们的关系：

> 国王好骑卿卿
> 骑过弗拉斯卡已数不清

*　　　　*　　　　*

无论如何，这对夫妇在他们的宫殿里未能和睦相处，最终还是分手了，娜塔利娅王后被驱逐出境。这被认为是前所未有的耻辱和一流国际的丑闻。众人的反应仿佛在被加冕之人身上从来没有发生过这样的事情。人群中，我们故事的第三位主角，这个三角关系里的第二位男士、塞尔维亚二流诗人德拉古廷·伊利奇的声音最为喧哗。在画家帕什科·武切蒂奇的肖像画中，这位文学家被描绘成戴着一顶不是很合适帽子的绅士，一生中最美好的年华显然已经过去了，除了罹患痨病，他还拥有首都最漂亮的胡须。贝尔格莱德一半的女士都梦到过这种叉状胡须,她们中的一些人还梦想有天吃完羊肉配卷心菜后,用那丝绸般的胡须擦拭嘴唇。伊利奇先生是一位著名诗人的儿子,也是一位同姓但更著名的诗人的哥哥。他狂热地爱上了娜塔利娅王后,一而再寻求与她见面的可能,或者至少是能与她通信。人们说这是那种百年一遇的爱情,而且是一个罗马尼亚女人和塞尔维亚人之间的爱情。谁知道呢。

娜塔利娅王后被驱逐出贝尔格莱德的那天,德拉古廷·伊利奇也没有忘记为这一事件留下自己的印记。原计划安排王后被驱逐后乘船离开,一辆马车会载她经过夹道站成两排的宪兵直奔萨瓦河岸的码头,她将在那里登船。途中遇到了抗议队伍,德拉古廷·伊利奇站在其中,拦下娜塔利娅王后乘坐的马车,卸下马匹,套上自己的车,把马车掉了个头冲回王宫方向。那时慌张失神的宪兵才恢复了理智,冲向抗议者。他们再次捉住马匹,再次将它们套在马车上,把可怜的王后又转向了她的流亡之路。可随后发生的事情连宪兵都迷惑了,至少传闻是这么说的。马车载着被驱逐的王后驶向她的流放地,德拉古廷·伊利奇跟着马车跑起来,王后从车窗里伸出自己美丽的皇家之手,他掏出一条手帕放在掌心,把手接了过来。人们说他一直不停地亲吻那只手,直到马车抵达码头。

*　　　*　　　*

我们故事的结尾部分可以称为"通信"。那时,甚至后来,许多人都好奇，娜塔利娅王后和德拉古廷·伊利奇之间是否有过信件往返。在这一点上我可以告诉你，我在一份档案中发现了一捆系有粉红丝带、散发着香气的信件。所有信件都是娜塔利娅王后写给德拉古廷·伊利奇的，但其中没有一封是情书。所有信件都是关于娜塔利娅王后唯一的热情——政治。从信件（以及其他方面）可以清楚地看出，她和德拉古廷·伊利奇在这一领域，都只是纯粹的外行，或者更糟——没有天赋。

我们把最终结论来留给读者：他们通信仅限于此吗？娜塔利娅王后和德拉古廷·伊利奇难道没有隐藏或销毁通信里爱情那部分？有没有可能，他们的天赋原来在此？

让·特雷斯图内尔及其合作伙伴

(法国)

让·特雷斯图内尔一九五〇年生于阿尔及利亚。父亲是法国人，母亲是科普特人。他是一名执业律师，在巴黎和波尔多拥有律师事务所，他关于十七、十八世纪法国、比利时和丹麦法律的研究经常被该领域的法律专家所引用。他偶尔由巴黎的贝尔丰、黑白分明、书的记忆出版社出版作品，在摩纳哥则由岩石出版社出版。顺带一提，他很少从事文学创作，对他来说文学仍是副业。著有短篇小说集《午后花茶》和《没有非洲的非洲》。那部分作品如果不是因为他涉足了电子文学，也许早被遗忘了。例如，本选集中的故事就是集体创作的成果。他写了开头，提出故事的主题"来自巴黎的鸟类合唱团"，然后把开头贴到网上，之后加布里埃拉·莫德、安东·哈拉索维克和保罗·安西回应了他的邀请，所有人一起完成了这个故事。本文来自互联网。

来自巴黎的鸟类合唱团

那些日子，我住在玛莱区的老庙街（流向塞纳河，与另一条更新的圣殿街平行）时，不知不觉地了解到这个社区的一点历史。它曾拥有自我裁决权，也就是说，在过去几个世纪里，法国当局既不敢在这里征税，也无权逮捕或监禁任何被指控犯有违法行为的人。因此，银行家、犹太人和圣殿骑士都愿意在这里安居。圣殿骑士就是那两条街道的名字的由来。另一方面，在今天的毕加索博物馆附近，有许多犹太人的小酒馆，橱窗里展示可口的菜肴，闻起来令人愉悦。我的一位老朋友，塞尔维亚移民拉多舍维奇——他什么都知道，但以某种神秘的方式他并没有因此变得更聪明——告诉我，犹太人的"洁净食物"永远没有他们承诺的那么香那么美味，因此常常令人失望。尽管这样，我还是尝了那种食物，和在巴黎尝过的其他所有食物一样，我不会挑剔任何东西。我会吃掉盘子里的所有东西，喝光倒入玻璃杯的所有饮料。我用自己口袋里的烟斗抽烟卷，但下午我喜欢去室外抽一根，去法国首都众多公园中的某一个。

即使是很熟知巴黎这部分的人，也不常光顾公园，但这里成了我最喜欢的抽烟场所。它非常小，和巴黎的所有公园一样，这里有水、有长椅，黄昏时会上锁。所以它是被围起来的。在我那个公园的围栏上挂着一块金属牌子，起初我以为这是某种警告或者游园时间表，上面标明了公园开门和关闭时间。但实际上并非如此。信与不信全由你，牌子上写的很容易查证，它说：

该公园是复制十八世纪的公园形式建成，其独特之处在于它会对游客产生特殊音效。事实上，它模仿了老公园里的效果，这里种植的树木会吸引相当特定种类的鸟儿，因此种树人能组成类似合唱团的东西，他们选择了一系列重复的鸟叫声。

于是，这个公园有点儿像表演现场音乐的地方。我带着极大的兴趣阅读了这则告示，来这里之前和之后我都只是为了抽烟斗，完全不是为了听鸟叫。在那里，烟斗似乎有种特别的味道，我非常喜欢。正如烟斗在有些日子里不太好抽，也有某些地方能让烟斗比在别处更好闻，带来的快乐也更多。毕竟，这也适用于女性。一有机会，下午五点，我就坐在这个公园的水边抽烟。当然，这时候，我也无意去听，或者更确切地说是听到周围的鸟叫声。它们好像真的是每天都唱同样的歌，同一个鸟类合唱团确实聚集在这儿。渐渐地，我开始聆听它们的歌声里最常听到的部分。有一天，烟斗差点儿没从我嘴里掉出来，我听得清清楚楚，鸟儿们在歌里说着一个词，我清楚地听到："Saintecroix！"

我相当吃惊，开始以为鸟儿们在歌里说的是"圣十字"，因为那些吸引它们的树是古代一位非常虔诚的人种植的，为了确保鸟儿们也能向全世界宣告他的信仰。但这个观点没能持续多久，因为鸟儿先是唱着完全听不明白的其他什么，而后才很清楚地唱出了"Saintecroix"。

我怔住了！我猜那可能是一个名字！一个男人的名字！多次聆听并验证我的猜测后，我得出结论，鸟儿们对我和我周围的其他人就像对某个顽固又不讲道理的白痴，一边又一遍地重复："Saintecroix！Saintecroix！Saintecroix！"

它确实是法国过去时代一个常见的姓氏。

这个"Saintecroix"到底是谁？我冥思苦想，意识到鸟儿们给了我一个待解决的谜题。它们想告诉我们什么？我开始在书中查找，也在互联网上搜索。但我没有找到任何关于Saintecroix的信息，因为上面太多了。我需要的不仅仅是一个名字，比如，还需要家族的姓。但我没有这个姓。我询问前文提到过的朋友拉多舍维奇，他知道太阳底下一切的一切，但他依旧和往常一样愚蠢。所以我又一次不得不只靠自己。一天下午，当我再次听到鸟儿们重复那个名字，两头都清洁得干干净净的烟斗帮助了我，让我突然意识到，应该从另一端开展我的调查……

这立刻给我带来意想不到的收获。我查到，我的这个为了吸引某种特定的鸟类而有意种植树木的公园，并不是起源于十八世纪，而是在之前的一百年，十七世纪的什么时候，更准确地说在一六七六年，巴黎就已经种植有"歌唱公园"了。因此，这个重复喊着"Saintecroix"的、我现在在里面抽烟斗的公园，有着好几个前身。这个名字大概也在那些古老的，在十七世纪、十八世纪种植树木的公园里响起，因为无论是哪一代的鸟儿在歌唱，同样的树一定会吸引来同样的鸟儿。但接下来要做什么，我却不知道了。

就在那一刻，烟草又帮了我的忙。烟斗有助于思考，大脑对火有反应，认为你处于危险之中，不管你愿不愿意，大脑都会试图拯救你。也就是说，胜你一等。这一次也是这样，我的大脑胜过了我：结论是，这首鸟儿唱的歌的主角应该往十七世纪寻找。从那以后，一切都变得容易多了。以下是我的发现：

十七世纪一位著名的巴黎人，安托万·德勒·德奥布雷，奥夫蒙和维利耶的领主，国务参事、民政官员、城市警长、首都子爵、法国矿业总督，有两个女儿和两个儿子。他的一个女儿成了加尔默罗会的修女；而另一个女儿，据当时的消息称，有着蓝眼睛、肌肤如丝般柔软丰盛，成了名人。她的名字是玛丽-马德莱娜·德奥布雷。

这个马德莱娜将成为故事的女主角。她二十一岁时嫁给了一位英俊富有的绅士，当时编年史记载，他指挥着一支诺曼军团。然而，他被记入历史并非因为自己，而是因为马德莱娜。马德莱娜因为两件事情出了名，可以说是永远声名昭著。首先，因为一段伟大且难以忘怀的爱情，但不是跟自己的丈夫，而是和丈夫的一个朋友，骑兵上尉戈丹·德·圣克鲁瓦；第二个将马德莱娜记录进历史长卷的原因要重要得多，她被视为那个时代最恶劣的投毒者之一。当她最终被带到法庭，面对的指控是她毒害亲生父亲、两个兄弟，还企图毒害她丈夫和她在加尔默罗会的修女姐姐。法庭判决她死刑，一六七六年她在巴黎被斩首。刽子手后来拿着一杯酒吹牛说，他的这次用剑，无出其右。

然而，十七世纪将马德莱娜带到绞刑架上的证据，如今看来根本经不起推敲。真相完全不同。可怜的通奸女马德莱娜的情人圣克鲁瓦认识一位瑞士化学家，他带来的毒药——蓝矾、蟾蜍血和砒霜。他把这位化学家带到巴黎，把化学家的知识和服务用于自己的目的。毒药是在他身上发现的，而不是在马德莱娜那里。法庭认定，这位情人曾十多次使用解毒剂来拯救周围中毒的人，因此，他深谙此道。情人与丈夫之间出乎所有人意料，没有嫉妒，更像是达成了某种共谋。总体看来，马德莱娜是一个富有的继承人，她最终落入毫无道德的丈夫和情人的联手谋害。她的伟大爱情和她的通奸都是两人策划的，她的丈夫和情人。他们有自己的理由及目的，毒害了她家里所有的继承人，通过马德莱娜掌握了她的家族财富。在巴黎法庭上，她被视为某种替罪羊，也许更准确地说，她只是个牺牲品。在那场审判中，一切都针对可怜的马德莱娜。她因为带着礼物去过医院和救济院被定罪，因为照顾生病的父亲被定罪，因为对自己的仆人很慷慨也被定罪（其中一个少年还参与了针对他女主人的阴谋）。马德莱娜的死也说明了她的无辜：她从未承认自己犯罪，为了躲开这种"正义"她逃去英国、荷兰和比利时。当时编年史中记载，当马德莱娜最终被判有罪，被处决时她的行为举止"像个圣人"，一大群同情者前来送她去往另一个世界。

作家塞维涅夫人，也许自己也感觉到了什么是真相，写下以下关于马德莱娜被处决的文字：

"的确，马德莱娜，布兰维利耶侯爵夫人，现在身处空气中，人们把她被处决后的娇小躯体扔进了一场大火里，她的骨灰散布在我们周围，我们不得不吸入。根据卑鄙者的思路，这会让我们所有人都中一点点毒，却让我们所有人大吃一惊……"

现在我们知道，当时也有其他人知道真相。鸟儿们。或者说，是在十七世纪建造第一个歌唱公园的人。就是他让后人记住了真相和真正投毒者的名字。投毒者是戈丹·德·圣克鲁瓦①。

"戈丹·德·圣克鲁瓦！戈丹·德·圣克鲁瓦！"

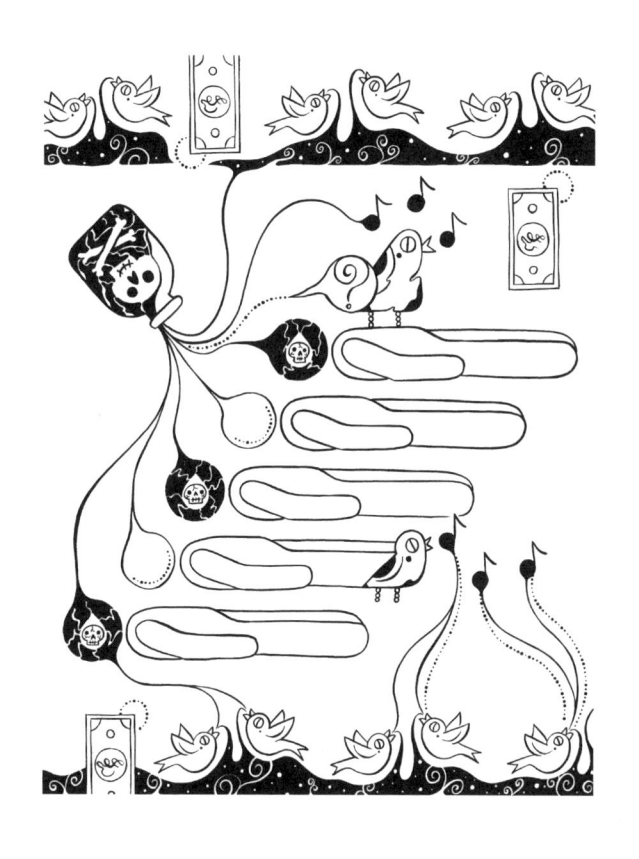

① 戈丹·德·圣克鲁瓦，音同该公园中鸟唱的歌中的词"Saintecroix"。

阿夫拉姆·霍启科·扎洛波夫

(乌克兰)

阿夫拉姆·霍启科·扎洛波夫是笔名,他与知识分子毫不相干,更像是"自然主义者"。他的职业是木匠。有人认为他的真名是邦达连科。据说他的书是由利沃夫的经典出版社和哈尔科夫的一页出版社匿名出版的;基辅的索非亚出版社用俄语出版。他以一种令人难以置信的方式离开了当时的苏联——自愿加入了切·格瓦拉的队伍,最有意思的是,他这样做完全是出于个人信念。直到现在他都是一个真正的、纯粹的革命者。他获得准许被派往古巴,也被对方所接收。最终,格瓦拉去世后,他加入了格瓦拉身边最优秀、最长寿的二十人左右团体。这些人中只有一个人死亡,而且是自杀。扎洛波夫为哪些人工作还不清楚,但他经常重复他在某本书里读过的话,并说这些话挽救了他的生命:"上帝珍视你的意图,但不看重你的行为。"据他说读完这本书后,便停止了阅读。他安定下来后搬去了巴黎,在那里从事木匠工作,用别人的名字生活至今,偶尔匿名出版短篇小说和回忆录。我在那里结识了他。他的两条胳膊都断了。他从未说过在哪里受伤,也没有提及原因。但据他说,著名作家马尔克斯有心想写切·格瓦拉的传记,为此召集了格瓦拉"不死军团"的所有幸存者。于是扎洛波夫见到了马尔克斯，但并不喜欢他。"他说话太慢了。"他说。

黑人文书的故事

我们来自世界各地，所以切·格瓦拉的队伍里有一个黑人也就不足为奇了。这是他告诉我的，即便我们增加一些有关此事的今时今日的认知，也不会有任何变化。

在上埃及的尼罗河畔，几千年前，生活着一个黑人。人们假定他是一名文书，因为他识文断字。在远古时代这并不常见，那时甚至连石头的形状都与今天的大不相同。没人知道他的名字，大概是因为没有人记录他。这位黑人之所以被人们所铭记，是因为他留下了一份刻在石头上的关于如何在洪水期间养活埃及的建议。这个关于如何抵御生死攸关大洪水的建议读来是这样的：

"正如有丰收和歉收的年份，世间也有丰收和歉收的时期。我生活在一个歉收的时期，如果有人发现自己生活的时期收益颇丰，那么请留心我的建议。及时抓住时间节点，进而对同代人起到作用。如果你想这样做，你必须知道以下几点：歉收时期会落在丰收的年份，反之亦然——丰收时期正好落在歉收的年份。若有水灾和饥荒，也就是歉收年份来临，聚集约三万农民，把他们从大水中救出来，把他们和家人一起送到尼罗河畔的石头地区。在那里为他们建造免于水患的新定居点，给他们自己，以及他们的妻子、儿子和女儿食物和水，并使唤他们。

纸剧院

让他们在采石场凿出两百万块石头,给他们提供足够的蜂蜜,医生会用来医治伤员,因为石头会折断他们的胳膊和腿。让他们沿着尼罗河把这些石头用船只运送到你决定建造的地方。它可能是马斯塔巴,某人的石墓,一个巨大的蜂巢,或者任何建筑物。这不重要。当他们用木橇拖着石头穿过沙漠时,他们的脊椎会被其重量折断。任命一个人手里有节奏地拍掌,任命另一个人向阿蒙神①吟诵虔诚的赞美诗,为成千上万人的工作设定节奏。用土盖住新建筑物的地基,沿着它拖动新的石块,你离天空越近,就会越来越容易,因为越往上你就会把建筑物的顶部收得越来越窄,直到它变成一个金色的点。

"当然,你不要忘了那位命令你做这一切的统治者,你会把他埋葬在那个建筑中。你将精心建造走廊,盗墓贼进不去的密室,还有假的通道。你当用沙子填满棺室和通道,在那里放置一口重金棺材,里面安放统治者。当沙子流出之时,统治者的棺材就会下降到你选定的位置。你也不要忘记为统治者建造一艘石头的星象船,为他准备好一条可以仰望天空的小通道,通道位置要准确,正好指向天狼星,这样他才可以找到路。绝不要认为你在统治者眼前挖的小洞为的是死后我们能看到他,而是,为的是他可以看到自己的身后之路。也不要忘记为这个建筑铺上光滑的皮肤,像某种生物那样,这样,它会在沙漠中闪耀,正如向阿蒙神祈求你会成功的我的祈祷者,也会发光。"

---

① 阿蒙神,埃及神话的神祇,战神和国王神,形象是隼头人身。

小说选或当代世界故事集

* * *

在那之后大约两千多年过去了。时间摧毁了世界上大部分的地方，以及大部分石板上那位无名黑人刻下的关于洪水的信息。而后，也就是无名黑人之后大约两千年，尼罗河上诞生了一个我们知道他名字的人。他叫伊姆霍特普①，他被称为神。公元前二十七世纪，伊姆霍特普为法老左塞尔在尼罗河畔的塞加拉建造了一座陵墓，与水和洪灾、沙漠、饥荒以及将头埋进沙子的习俗做着斗争，或者说，把它们封闭在农场边界内。他带领约三万的农民，把他们从洪水和饥荒中救出来，把他们及家人带到了尼罗河畔石头地区。在那里他为他们建造了免于水患的新定居点，给他们自己，以及他们的妻子、儿子和女儿食物和水，并使唤他们。他们为他在采石场凿出两百万块石头，每块石头重达十五吨，他给他们提供了足够的蜂蜜，医生用这些蜂蜜来治疗伤员，因为这些石头折断了他们的胳膊和腿。他们沿着尼罗河把这些石头用船只运送到他决定建造的地方。当他们用木橇拖着石头穿过沙漠时，他们的脊椎被其重量折断。他任命一个人手里有节奏地拍掌，任命另一个人向拉神②吟诵虔诚的赞美诗，为成千上万人的工作设定节奏。他用土盖住新建筑物的地基，沿着它拖动新的石块，他离天空越近，就会越

---

① 伊姆霍特普，是古埃及第三王朝法老左塞尔的御医和大臣，死后被尊为神。
② 拉神，古埃及太阳神。

来越容易，因为建筑物越往上顶部就变得越窄，直到金字塔变成一个金色的点。

当然，他没有忘记那位命令他做这一切的左塞尔，那位他们埋葬在金字塔中的法老。伊姆霍特普精心建造走廊，盗墓贼进不去的密室，还建造了假的通道。他用沙子填满棺室和通道，在那里放置一口重金棺材，里面安放着法老。当沙子流出之时，法老的石棺就会下降到他选定的位置。伊姆霍特普也没有忘记为法老建造一艘石头的星象船，为他准备了一条可以仰望天空的小通道，通道位置准确，正好指向天狼星，这样法老可以找到路。他从不认为自己在法老眼前挖的小洞为的是死后能看到他，而是，为的是法老可以看到自己的身后之路。他也没有忘记为金字塔铺上光滑的皮肤，像某种生物那样，这样，它会在沙漠中闪耀，正如功成名就的伊姆霍特普的祈祷者也散发着光芒，直至今日。

小说选或当代世界故事集

汉斯·基希格塞尔

(德国)

汉斯·基希格塞尔一九七〇年生于莱比锡,在柏林和海德堡学习工业设计和市场营销专业。他借助商务旅行经常穿越欧洲,尤其是东欧,他还因工作的缘故到访过贝尔格莱德。这里呈现的故事也发生在那里,故事中的一个角色,您可以认出那就是基希格塞尔本人。他是一位古币学者,研究罗马皇后埃特鲁西拉时代的钱币。他在贝尔格莱德的商务逗留可能是一个借口,为的是可以更多了解他感兴趣的那个时期的钱币。他的短篇小说集由昆特·布霍茨作插图。这些作品包括了《原地飞行》和《阿米莉亚与愚人》。他的书由卡尔·汉泽尔出版社和DTV出版社出版。著名德国哲学家和评论家汉斯·罗伯特·尧斯写了一篇关于他的文章。基希格塞尔深受他所研究的旧钱币带来的一种可怕疾病困扰,并于二〇〇六年死于该病。

穿白衣的男人

她假称自己希茨夫人,每周五都会出现在这家能俯瞰河流的酒店,住在四楼的428房间。她总是带来一盆新买的植物,而且总是盛开的杜鹃花。她爬上四楼自己的房间,把刚买来的花放在靠窗户的桌子上,从那里看一眼延伸开去的壮丽景色。玻璃墙几乎没有遮挡,透过它能看到一切——从东正教大教堂的钟楼每到晚上亮起的钟,到名为加泽拉的桥,桥上总是挤满了五颜六色行驶中的汽车。但从那里看不见那条河,沿岸的植被疯狂生长,让过往的船只看上去仿佛在一片森林中穿行。然后希茨夫人会在房间里的两把扶手椅中的一把中坐下,开始她的等待。她在等一个身着白色西装的男人。那等待,毫无疑问是她一生中最美好的部分……

直到他终于出现,穿着皮革加固鞋尖和鞋跟的帆布鞋,身着浅色大衣,戴一顶白色草编的巴拿马帽,她就会忘记自己住在一条尘土飞扬的城市街道上,到处都是痰的味道。她也会忘记自己有一个身上弥漫着药臭味的丈夫,总因为消化不良散发出前天午饭的气味。她还会忘记丈夫惆怅地看着她时略显呆滞的眼睛,他用一种陌生人的眼光观察她,坚信每周五她是去看望母亲,住在圣萨瓦街的梅拉尼娅夫人。

夜里,白衣男人先离开428房间,依旧一身无可挑剔的白衣,头戴巴拿马草帽,脚穿浅色帆布鞋。她很快也下了楼,带着那天买的杜鹃花回家。他们都没在酒店里过夜,即便这间双人房按照白衣男人的名义已经付好了整天的费用。他总是准时结账,留下小费,还有自己的住址、名和姓。

就这样一直持续到一个星期五的晚上,白衣男人像往常一样先下楼,付账并离开,但很快又返回,他好像把什么东西忘在了房里,要回到四楼。但他很快又乘电梯下楼,最终向门房挥挥手离开。没有任何人注意到化名希茨夫人的她,那晚她在酒店房间里过夜。直到第二天早上女仆进屋打扫时，才发现那里有具尸体。希茨夫人躺在床上，被一只上面有她用的蜜丝佛陀口红痕迹的枕头窒息而死。枕头上闻起来有股催眠剂的味道。很明显，死亡是在星期五当晚就发生的，但正如警探所说，直到第二天早上才被发现。

一名优秀的警探立刻被召来。他笑起来跟不笑没有区别，留着黑色胡子，看起来更像是吃完鱼留在嘴巴周围的骨头。他与两名身穿制服的警察一起检查了房间。除了酒店房间的通常物品外，他们还在428房间找到了一个笔记本和一顶帽子。这些东西都被前房客遗落在了房间里。

笔记本上的字迹被确认为哥特黑体，属于彼得·弗利斯，一位德国商人，前几天在这家酒店住过一晚。他前一天喝得醉醺醺误了飞机，在另一家酒店过夜。在宿醉的状态下他完全不清楚警探在问什么，一无所知，直到他们给他看了这个笔记本。德国人这才开始表示感谢，但当他被带回警察局拘留时，他又什么都不知道了。

帽子是白色的巴拿马草编帽。警探把它放在桌子上，坐那儿喝咖啡时也没把自己的视线从帽子上移开。突然，这位优秀的警探先生从马甲的小口袋里掏出一根帆布卷尺，测量了帽子的内周长。这位未知男子的头围恰好是六十七厘米。随后，优秀警探下令将德国人从审前拘留室放出来，命令他不得离开城里，并指派一名便衣警官在酒店门口持续盯守。

"凶手几乎总是会回到犯罪现场。"警探心想，他坚信这一点，决定什么也不做，只是等待。他们等了很长时间。警探知道加冕街上那位白衣男人的姓名与地址，但他相信这些都是假的。

"如果你准备杀人，那为什么要把自己的真实姓名和地址留给酒店呢？"尽管这样，他还是派了另一名同事去监视加冕街上的公寓，那是酒店指认的白衣男人住所。

同时，警探也获取了工作人员的口供。

此外，他按自己通常的工作方式也尝试了一些其他的方法，可城里登记的失踪案件并不是太多，而登记在案的大部分失踪人口在此期间都安全回家了，但其中还有一些尚未结案的失踪案件，他的注意力尤其被"绿色花环"农贸市场一个蔬菜供应商的消失所吸引，但那好像跟这个无关。巴纳茨卡亚街上伊西多·格罗尔先生的妻子也失踪了。警探走访了其他人，包括他。男人做完自我介绍，让警探进了公寓。他比警探个头还高，眼神有些奇怪的呆滞。警探经过露台，那里有许多盆栽的杜鹃花，它们看起来正在枯萎。格罗尔先生显然没时间给花浇水。他们的谈话相当友好，格罗尔先生身上一股药味儿，对妻子的失踪十分难过。在明白警探没有他夫人的任何消息后，立即对警探没了兴趣。此时，这位优秀的警探才告诉他真相，也就是在酒店房间里，格罗尔夫人——自称是希茨夫人，到底发生了什么。她被谋杀了。格罗尔先生一瞬间竟然无语，随后说夫人最近的行为有点奇怪。他没说其他的话——看得出他想尽快独自面对这个消息，显然，这个消息给他的打击比他想象的要大得多。警探匆忙告别并往门口走去，这时电话铃响了。格罗尔先生拿起听筒听电话那头是谁。然后，他吃惊地对着警探，拿着听筒，说：

"是找你的！"

"谢谢。"警探看着格罗尔结实有力的手递过来听筒，接了电话。声音来自他派去监视加冕街那所公寓的探员。

"白衣男人真的住在加冕街。我在住户名单上找到了他在酒店留的名字。"

警探连连道歉后离开伊西多·格罗尔的住处，走到街上对自己说：

"凶手真的总是会回到犯罪现场。让我们拭目以待，看看他到底来不来，他究竟是谁。"

星期五，监视酒店入口的探员打电话告诉他：

"白衣男人来了。就是加冕街的那位先生。他上了楼，在房间里。没人告诉他任何事情。"

"我马上到！"警探对着手机喊道，跑下楼梯。路上他给朋友，也是附近警署的同事打了电话，叫他在酒店门口碰头。第二个警探的后颈像双下巴一样打着褶，留着分叉的胡子。

他们一起上了四楼。一个穿白色西装的年轻人正坐在428房间的两把扶手椅中的一把上，抽着烟。另一把椅子上是他的巴拿马草帽。

"好哇好哇，这是这个案子里的第二顶巴拿马草帽了。"警探想，对白衣男人说：

"你在这里做什么？你在等希茨夫人吗？"

"这不关你的事，"年轻人回答，"你是谁？"

"这正是我的事！"警探说，走到桌边，"我是警察。首先我想告知你，希茨夫人不会来了。"

"你怎么知道的?"年轻人气急败坏地问道。

"上周五她在这个房间里被杀害,被浸有催眠剂的枕头闷死。"

话音一落,白衣年轻人直接从椅子上跳了起来,嘴巴大张,警探则在第二把扶手椅上坐下。

白衣年轻人稍稍回过神来,问道:"谁杀了她?"

"这请你告诉我!"警探大声喝道。

房间里一片沉默。白衣男人在快速思考……

然后他说:

"我没有杀她。"

"我们怀疑过你,"警探说完补充道,"你可以走了。"

年轻人中弹似的飞出房间,附近警署的警探惊奇地问:

"你为什么放走嫌疑人?"

"他不是嫌疑人。而且不是凶手。"

"证据呢?"

"现在我就坐在证据上。"警探平静地答道,从巴拿马草帽上站起来,年轻人走时把它忘在了椅子上。他缓缓地从马甲口袋里拿出一根帆布卷尺,量了下帽子的内围。

"正如我所想,"他说,"六十厘米。我的朋友,有麻烦了!有两个白衣男人。其中一个是杀手,但并不是这个头围六十厘米的人,一眼就能看出来。凶手是另一人。"

"另一个?"

"就是忘了拿头围六十七厘米帽子的人。通常情况下,很少戴帽子的人才会忘了帽子。"

"但他到底是谁,"第二个警探问,"谁有六十七厘米的头围?"

"格罗尔夫人的丈夫,夫人用的假名希茨夫人。我们最好在小鸟飞走前抓住它。"

"我们去哪里?"第二个警探坐在车里时问。

"多瑙河,巴纳茨卡亚街!"

"那里究竟发生了什么?"另一个警探边开车边问。

"丈夫格罗尔先生知道夫人正在和情人约会,也知道他们在哪里。当我看到他没有给妻子的花浇水时,我就怀疑是他了。丈夫决定把他的妻子和她的情人一网打尽,把他送进监狱。他的体型和那个年轻人差不多,因此有了这个主意。考虑到现在正是夏天,他看到妻子的情人一身白衣到了酒店。他也买了一套白色西装,一顶巴拿马草帽,还有一双皮革加固的帆布鞋。他躲在酒店前面,等年轻人离开,穿着一模一样的衣服几乎是马上进了酒店,告诉门房他忘记了房间里的东西,上了四楼并杀死了自己的夫人,只用了不超过五分钟就做完了这一切。然后他就下楼了,与没注意到任何变化的门房挥了挥手,离开了。但他确实忘记了房间里的东西,他把帽子忘了。我量了他的巴拿马帽,头围是六十七厘米。我测量了被放走了的年轻人的帽子,它的尺寸只有六十厘米。所以,我确信凶手一定是格罗尔先生……反正从第一眼看,格罗尔先生的头就显然比那个年轻人的要大。"

当他们到达巴纳茨卡亚街时,警探对他的同事说:

"格罗尔现在应该在公寓楼上,你看,那里的灯亮着。我先一个人去……答应我,你在楼下等我大约五分钟,如果我没回来，就上楼来救我。"

几秒钟后，警探已经按响了带有"格罗尔"名牌的门铃。我们知道的那位一脸呆滞的先生让他进去，他似乎一点儿都不意外。

"我们走，警探先生，从这里，穿过露台。"

警探再次穿过露台。花盆里的杜鹃花终于彻底枯萎了。

他们一进房间，警探就掏出一把左轮手枪，但还没来得及开枪，这辈子他最后闻到的是浸透枕头的某种让人快速入睡药剂的气味。一双结实有力的手用那个枕头闷死了他。格罗尔先生在使用枕头上极其地熟练。

加内·索蒂罗斯基

(北马其顿)

索蒂罗斯基是诗人和散文作家。在斯科普里、索非亚和贝尔格莱德学习艺术史。作品被译成英语。他来自普里莱普的大家族基耶-索季拉齐,这个家族过去曾为世界贡献出多位艺术家和作家,现在则为世界贡献许多翻译家和商人。他写对话集,在斯特鲁米察一家小出版社出版。以下此类对话的一个例子,名为"女性主义":

他:我给你钱,买些内裤。

她:我不穿内裤。

索蒂罗斯基总是说,南斯拉夫解体期间,只有北马其顿这个国家没有流过一滴血。

黄金圣像画

"带来了?"

"带来了。在这里。"

"让我看看。"

这是一天晚上,两个男人在比托拉郊区的一家小酒馆里的对话。年长的一位穿着联合国维和部队制服,另一位穿着白色粗布衬衫。年轻人从背包里拿出一件包裹在一块小皮罗特地毯里的物品。那是圣德米特里的圣像画。它绘制在金色背景上，骑在马上的圣人疾驰过海面，用剑砍断散落在海湾上小船的帆。远处可以看到一个城镇，圣像的底部，一对牛拉着的犁后面画着一个小小的人。

"偷来的吗？"穿制服的人问。

"当然是偷的，但我付了合适的价钱，我希望你也一样。所以整个交易是完全合法的。"

"它是什么年代画的？"

"十七世纪或更晚一点。"

"画家是谁？"

"嗯，这没人知道。我们的画家不在圣像上签名的。"

"不签名？我能问你一个问题吗？"

"尽管问，我甚至知道你要问什么。"

"你为什么要卖它？"

"呃，这里有一个完全不同世界的小故事。我们有很多古旧的手抄本在莫斯科，据说是我们一位有名的同胞将它们卖给俄罗斯人的。很多人为此谴责他。但我很好奇，他没卖给俄罗斯的那些书后来怎样了。那些书被近卫军装进泥灰推车，从阿索斯山的海岸扔进了海里，持续了好多天。"

"你的圣像来自哪里？"

"来自哪里是什么意思？"

"你知道它是在哪里画的吗？"

"当然知道，在马其顿。"

"哪个马其顿？"

"怎么？这里就是马其顿啊。"

"如果没有注明日期、签名和创作地点，你是怎么知道的呢？"

"你是想买这幅圣像，还是想买伦勃朗的画？有无数的方法可以确定你想知道的一切，但圣像画的题写方式与你们国家那种艺术家画在油布上的完全不同。"

"是否可以通过黄金来确定圣像的年份？"

"现在我可以问你个问题吗？你为什么要买这幅圣像？为了转卖给中间商然后赚一笔吗？如果是这样的话，我认为你知道你买的是黄金的底就足够了，其他的，寓意啊圣像画什么的，不过是附加的、它附带的东西而已。"

"啊，不，不是这样的。我在联合国维和部队服役，来自俄罗斯，我想按照古老的俄罗斯习俗，在自己格拉斯哥的公寓里建一个家庭圣像壁。在我死后，圣像画会捐给当地的博物馆。"

"你怎么不早说，那完全是另一回事！"

穿白色衬衫的年轻人转过身，对着小酒馆后面喊道：

"梅多尔，梅多尔，梅多尔，哦哩哩哩哩！"

听到喊声，服务员迅速端出一些烤南瓜和盐渍南瓜籽。他立即点了一份兰茎粉饮料、一杯博萨和两盘芝麻哈尔瓦甜点。等他们享用了一些后，年轻人继续说：

"那么，那幅圣像画的起源是这样的，就像我说的，它来自马其顿，更准确地说，来自佩拉戈尼亚。这个时期和更早时期的某些类型的圣像肯定是在那里绘制的。例如，温柔的圣母，怀里抱着婴儿耶稣，他的鞋从脚上掉下来，这样的就是在佩拉戈尼亚画的。"

"那么你的这幅圣像呢？"

"你能看出我们的这幅圣像就是来自这里，因为画的底部描绘有马尔科①王子在犁耕的场景。"

"马尔科王子是谁？"

"马其顿的国王，这一场景在塞尔维亚民间诗歌中也有描述。"

"好复杂。我听说每幅圣像画都有更古老的模板。这幅圣像画也是这样吗？"

"当然。在我们国家，旧的圣像画会被埋葬，因此修道院旁边会有圣像画墓地。这幅圣像画的模板是某种希腊的圣像。"

"希腊的圣像？你怎么知道的？"

"很简单。圣德米特里是一位希腊圣人，塞萨洛尼基的保卫者。他从陆地上截断了攻击塞萨洛尼基的塞尔维亚军队，这幅圣像描绘的是土耳其威胁要围攻他的城，他手持利剑，砍断了敌方的船帆。"

"那么，这幅圣像从哪里来的呢？"

"斗篷表示这幅圣像是由一个克莱普特人创作的，衣服上也带有那些地方的设计。"

"克莱普特人是什么？"

"改信伊斯兰教之前的阿尔巴尼亚人。"

---

① 马尔科王子，也被称为马尔科国王。

"我不明白。"

"阿尔巴尼亚的基督徒。"

"那这幅圣像是来自阿尔巴尼亚吗?"

"很难得出这个结论。它是用一块保加利亚雪松制成的,在这层金色表皮下面,虫子不会侵蚀这种木材。这就是为什么它一直备受珍视,也是为什么这幅圣像能被保存到今天的原因。"

"那么黄金是从哪里来的?"

"这不是纯金,是一种金银合金,在塞尔维亚专制君主斯特凡·拉扎列维奇时期,从科索沃和波斯尼亚的矿山中开采出来的。"

"还有一个问题。'圣德米特里'这个词不是用俄语也不是用希腊语写的。你知道这是什么语言吗?"

"很难说。我认为可能是古教堂斯拉夫语。"

"好吧,您的圣像画似乎是由所有居住在巴尔干地区的民众共同绘制的。"

"对。这就是为什么它是一幅圣像。否则它只是一幅画了。"

小说选或当代世界故事集

塞巴斯蒂安·布尔戈斯

(葡萄牙)

葡萄牙作家塞巴斯蒂安·布尔戈斯出生于埃武拉并在那里完成高中学业。他生活在里斯本,为多家公司设计手机,也涉足绘画领域,画作在阿根廷和巴西比在葡萄牙展出的机会更多。他的书籍由里斯本的"堂·吉诃德"、圣保罗的"零里程碑"和"文学公司"出版。他著有长篇小说《以我为名的风》和《两只狗的夜会》;汇编了十六世纪葡萄牙讽刺散文选集;出版过《世界短篇小说选集》,他亲自撰写了书里所有的短篇故事。一辈子未婚。他在接受一位记者采访时的声明声名远扬:"我不再参加招待会了。那里每个人都认识我,但我现在不认识任何人。"他于二〇〇二年去世。

银色梳子

我是一个知名的画家,妻子是一个女巫。很长一段时间以来,无论是里斯本还是布宜诺斯艾利斯,我走在街上,都能被行人认出来。偶尔,我和妻子会前往某个遥远的地方度假,让自己远离各种事务的冲击。于是,今年我们又去了亚速尔群岛。已是冬天,但我们以往住的酒店(我有画作装饰在那里)

有一个恒温三十三摄氏度的海水泳池,穿过一道瀑布来到泳池的室外,从那里可以望见大西洋。有点像昔日的迦太基①。在我们被安排的房间里,二〇〇四年起墙上就挂着我的一幅油画,我毫不感到吃惊。

因为支付了半食宿的费用,我们在酒店餐厅吃晚餐。在那里,我们发现自己恰巧坠入了某个文学论坛(并非出于自己的过错),与会的所有作家,自然都认识我,他们的热情令人难以抗拒。我只好同意参加他们在晚餐后的茶话会,虽然妻子桑达里娅反对,因为即使是喝茶也属于那些迫使我们逃往遥远岛屿的事务。

第二次晚餐后,以免再与我们不想一起喝茶的人喝茶,我们逃到另一家酒店喝点儿酒。我们坐在大堂,点了龙舌兰酒,配上撒了磨碎的橄榄、涂抹了洋葱酱的玉米饼,然后环顾四周。大堂中央有一家非常漂亮的精品店,四面都是玻璃的,犹如一颗坐落在酒店大厅的宝石,不像大多数酒店的大堂会"考虑到通风要求"。精品店里售卖昂贵的古董与珠宝,透过橱窗我们看到后面是女士写字桌,用来写来自巴利亚多利德的情书。桌子立在细小的腿上,上方是闪闪发光的十八世纪镀金木制枝形吊灯。到处都是老塞夫尔瓷器,以及在波尔图手工打造的非洲象牙扇子,很久以前曾用来为如今已离开人世的女士们降温。在玻璃橱窗的一个玻璃架子上,我们看到了几只来自奥地利的比德迈耶风格戒指,一个贝壳做的鞋拔,鞋拔的长柄呈

---

① 迦太基,非洲北部之古国,在今突尼斯附近。

手状，可以用它来抓挠自己的背部，还有一把绝美的银色梳子。桑达里娅把她最喜欢的梳子（在蓬皮杜中心的一个展览上买的）忘在了巴黎的一个架子上，我想着把这个买下送给她。可是，这家精品店已经关门，要等到第二天早上才开门，因此那天晚上我无法买到这把银梳。但我们记住了它，它手柄的延伸部分有一面小小的镜子。桑达里娅梳好头发后可以从镜子里检查一切看起来是否都好。

第二天一早我们又乘船出海，只能在看到梳子后的第三天才去精品店打听那把银梳。它来自十八世纪末的塞图巴尔，价格非常昂贵。我假装我们并不打算买梳子，但内心判断我们终究会买下它，决定用它给桑达里娅一个惊喜。我当时没有买下它，而是在我们即将返程回家之前，我独自去那家店，为她买下了这把银色梳子。虽然我还不确定要在哪里给她这个惊喜，是在里斯本的家里，还是现在，就在酒店里。我选择了后者，因为我本身是一个紧张又缺乏耐心的人，即使对自己有利，也不愿意把事情推迟。

最后一个晚上，在我们下楼去吃晚餐之前，我在房间里把这份银制礼物给了桑达里娅。礼物包装精美，她毫无准备，吃惊略多于高兴。我没有太在意这一点，当她去准备吃晚餐时，我则按习惯沿着海边散步。天气极好，沙滩尚保留着夕阳余晖的温热，我听到鸟儿们在树枝上准备过夜的声音，那些树修剪成了球状。我摸了摸酒店的猫，去往餐厅。在那里我大吃一惊。

桑达里娅不在我们的餐桌旁。我白白等了她一会儿，在这之前从来没有发生过类似的事情，我拨通了我们房间的号码。她也不在。我又拨通了她的手机，那一刻我看到桑达里娅正与当晚也要告别的作家们坐在一张桌子旁，和他们一起用餐喝酒。我走到他们的餐桌旁，真正的震惊在等着我。

我的妻子，桑达里娅，头发上戴着那把银色梳子，她美丽动人，眉眼闪闪发光。可她不认识我。她表现出好像我们从未结过婚，好像我们二十年来没有同甘共苦过，好像我们今天早上没有坐在一起吃过早餐，准备第二天早上回到里斯本的家。但这还不是全部。当我和她说话，她很吃惊，好像我是某种入侵者。她看起来像是用尽了所有的笑容。那之后我再也没有见过她。

还没有从中恢复过来，我又遭受了另一次打击。令我震惊的是，其他人，那些原本熟悉我的作家们，突然间也不记得我了。对他们每个人来说，我都是个完完全全的陌生人。

然后我心生一股奇怪的不祥之感，来到酒店四楼我们的房间，那里原本挂着我二〇〇四年创作的的一幅画。现在墙上挂着一幅我完全陌生的水彩画。它比我的画要大一些，画作下写的画家名字我也从来没有听说过。这时我想起了那个古老的魔咒："如果一个人不去看，他也不会被看到。"我想，他们没有认出我，是因为我已经忘记去看他们了。他们不再认识我，是因为我不再看见他们。

纸剧院

埃丽卡·贝夫茨

(斯洛文尼亚)

埃丽卡·贝夫茨出生在波穆尔的一个大家庭里,她是家里的第七个孩子、第三个女孩。她在马里博尔、普图伊、格拉茨和维也纳上学,但从未上过大学。她自学成才,意外成了一名作家(据她本人说),因为曾经有一段时间以这种方式谋生比卖电脑要来得容易。她在网上发表自己的诗歌(《并非劳动的汗水》),长篇小说《不是孩子的男孩》(二〇〇一)用德语出版。离异。她的短篇小说集(《没人打电话给我们》和《湿漉漉的小狗》)分两次在互联网上发表。她所有的书都由马拉戈里卡的马诺出版社出版。目前她在马里博尔生活和写作。五年后她将会死去。

窗 帘

1

我一直做一个分次进行的梦。我梦见一座坚固的大房子,屋顶上有两只公鸡形状的烟囱通风帽,房子里是一个有三扇窗户的大房间。每扇窗户都有落地窗帘,柔软、几近透明。梦里我仍是个女孩（无论现实中我多大岁数），总是喜欢躲在窗户和窗帘之间。我在那里时而窥视房间，时而透过关闭的百叶窗裂缝望向街道，然后重要的事情发生了。这件事可能就是我做这个梦的原因。

先是有什么东西透过窗帘触碰到我。是某种有生命的、温暖的东西。它不可能是墙壁或者窗框，它们没有那样的温暖。当我透过窗帘感觉到有人在另一边时，那感觉会尤其明显。一个能被触摸的人，正如这个未知的人正在触摸我。这个人被包裹在窗帘里，正在移动，然而窗帘阻止我们看见彼此并从中走出去。我试图拉开窗帘看到那个人时，梦醒了，一切消失。随着时间的流逝，这个梦反复重演，我意识到我被窗帘另一边的那个人所吸引，我盼望见到那个人，像一个甜蜜的秘密，有时我甚至隔着薄罗纱拥抱他或她。我们似乎在等待什么……

2

当我终于长大了一点儿，这个梦仍然不断重复出现。我问医生这样的梦有可能意味着什么，这样的梦正常吗？

医生笑了。他的气息在笑的时候变得更浓。他告诉我，这样的梦在双胞胎中很常见。双胞胎还在母亲肚子里的时候，就喜欢隔着薄膜触碰彼此。也许这是一种出生前的经历。

我从马里博尔回到母亲居住的普图伊，想彻底弄清楚这个问题。我问母亲，她却坚定地回答说，她肯定从来都没有怀过双胞胎，而且我是早产儿（众所周知），出生时胎龄才七个月大，他们只好用一瓶喂我的热牛奶来给我保暖。所以，我出生前没有任何不寻常。

3

在普图伊还发生了另外一件重要的事。回家路上，我突然发现梦中的那座房子就在这城里。它像梦里那样坚固，屋顶上有两只公鸡形状的烟囱通风帽，三扇窗户面朝着街道。现在，通风帽已经失去了原有的功用，被精心涂抹，用作装饰，它们曾经为其散去烟雾的炉子则立在走廊上，变成放花盆的支架。

这所房子正在出租，我假装进到里面，看看房间。一个非常健谈的兔唇年轻人接待了我，告诉我他的父母三年前买了这座房子，他们靠房租生活，他是他们唯一的儿子，房子现在是煤气供暖。我在房子里找到和在梦中一模一样的房间，三扇窗帘垂到了地板上。年轻人站在门口不停地说话，我立刻躲进窗帘后面，完全没有意识到自己在做什么。我假装是窗外的景色令我很感兴趣。

这就是事情发生不愉快转折的地方。他对我的行为有些困惑，问：

"小姐，您还好吗？"

就在那时，我感觉窗帘里面有另外一个人。我伸出手，隔着半透明的薄罗纱抓住了某人的发辫。是女性的头发。她和我差不多高，我猜她年纪也与我相仿。那时的我十九岁。所以，这个陌生人是一个女人，我和她是孪生姐妹，至少在年龄上。我试图扯下她身上的窗帘纱，然而，窗帘里没有人。远远地，从房间门口，我再次听到那个兔唇年轻人的声音：

"小姐,请喝点水!"

4

当我二十三岁的时候,我嫁给了古德里安。他对我细心备至,有一双大大的绿眼睛,眼睛闭上的时候比凝视起来更加迷人,因此我更爱他睡着的时候。至于我,从结婚那天起就没有做过这个梦了。更准确地说,从我参观普图伊那座坚固的房子那天起。现在的我平静了许多,我的生活朝着某种相反的方向发展。有一天夜里,我躺在已经睡着的丈夫身边,感到有些奇怪。是疼痛。类似于初夜的疼痛。

"我会两次失去童贞吗?"我不由自主地想,但立刻明白,这不是什么启示。不。我整个内心都明白,不,是感觉到发生了什么,那天晚上陌生人失去了她的童贞,我感受到了。她结婚了吗?还是在没结婚的情况下发生的?

5

有天早上,我轻声对古德里安说:

"我觉得我怀孕了。"

他虽然很疑惑,但什么也没说。他用绿色的大眼睛看着我,那眼神传达的是另一种语言,我猜是男性的——不是我的,然后吻了我。那个吻就像一座桥。三个月后,我买了孕妇装穿上。九个月后,我计算好自己该生产的日子,我们给即将到来的女儿准备好了名字——科迪莉亚,还有婴儿用品:一张婴儿床,婴儿围嘴,粉红色的兔耳朵鞋。但是,分娩并没有发生。在内心深处我明白。我的肚子没有变大，没有像其他孕妇一样在孩子出生前努力推动胎儿生出来。但当我向古德里安坦白假怀孕的时候，我突发阵痛，好像真的在生孩子。我的内心再次先感受到了这个。在世界上的某个地方，另一个人正在分娩，她的怀孕并非虚假，九个月来我的确觉得自己是在怀孕。所以在我的脑子里，在我的梦里，那个陌生人自己的女儿诞生了。我立刻想象出了她，她有一双漂亮的蓝眼睛，脸颊上只有一个酒窝。我叫她科迪莉亚。

6

十九年后，我孤身一人。古德里安已不在我的生活里了，也没有任何人和我在一起。因此，一天下午，门铃响了，我很惊讶。我打开门，看到房子前站着一个十九岁的女孩。她有一双深蓝色的眼睛，浅浅的微笑，脸颊上只有一个酒窝。

"嘿！我是科迪莉亚。"她说，吻了我，走了进来。

纸剧院

吉姆·芬尼莫尔·斯图

(美国)

吉姆·芬尼莫尔·斯图出生于伦敦，一生都在美国度过，是一名网球教练。他曾住在不同的地方（芝加哥、加利福尼亚、布法罗等等），到处开网球健身课，在他终生所服务的乘喷气式飞机到处旅游的富豪阶层的庇荫下，过着轻松的生活。业余时间他几乎是偷偷地写了一些短篇小说，暗示他对英格兰的怀乡之情，但正如一位评论家所说的那样，他是一位真正的美国"击球手"。作品集有《口红》《奔向英格兰的浪潮》等。他的作品由克瑙夫、佳酿国际和一家鲜为人知的宾夕法尼亚出版社杜福尔出版。在纽约，他的一部作品还由每月好书俱乐部出版。他的嗓音优美，训练有素，曾与音乐组合"猎人"一起演出。二〇〇三年死于艾滋病。

蓝色汗水

在华盛顿的最初几天，我经常有扯下自己裤子的冲动。在那样的灼热和潮湿下，裤子总是紧紧粘在身上。那时我才十四岁，他们把我一个人从欧洲送到华盛顿的姑姑家待几个月。她住在康涅狄格大道附近一栋裸露的红砖房里。乔爷爷看到我，马上对姑姑说：

"这孩子长得很快，我们得给他花一笔钱，给他买新鞋和新裤子，两个月后这些他就穿不下了。"

他说话的时候，房间突然暗下来，我不禁吓了一跳。

"别害怕，"乔爷爷笑着说，"那是负鼠，它是来我们窗前喝牛奶的。"

乔爷爷脸上的雀斑像一颗蛇蛋。他是我的表弟，还不到七岁，刚开始上学。我从来没有问过他的名字为啥这么奇怪。姑姑的公寓房间很小，所以每周五折磨她的头痛会延伸到房子后面树林的深处去。公寓在底层，和周围所有的房子一样，面朝着一条高高的绿化带，里面潮湿无比，藏满了松鼠和负鼠。

第二天，乔爷爷拖着我去"看看树林里写了什么"。果不其然，树上钉着讣告、公寓出租广告，和各种各样其他的公告。其中一个是手写的电话号码，上面还写着：

7　EARLS WANTED！

"这是什么意思？"我问乔爷爷。

"你不识字吗？"

"我会，但谁会找七个'earls'？"

"你真是个傻瓜！动动脑筋，想象一下，你的想法是一颗弹珠，你要用它击中别人的弹珠才能把它打进洞里！字母表上第七个字母是什么？"

我开始掰手指数数：

"A，B，C，D，E，F，G……第七个字母是G。"我说。

"好，你已经猜到了，大声说出来！G + earls = Gearls！谐音就是女孩儿！"

"所以他们要找的是女孩儿。为什么？"

"谁知道是为什么。"

这一刻，悠然神奇的音乐充满了树林。我很震惊，问：

"那是什么？"

"是奥森希娅。"

"啥？"

"奥森希娅。我们一个邻居的名字，也是某部电影里一首歌的名字，所以她经常放来听。她来自利马。关于她有个故事。但我不是很懂那个故事，也不知道为什么她有个昵称，他们叫她'深喉'。"

"为什么呢？"

"我不知道。妈妈说这样谈论她不好。奥森希娅曾经是一名修女，但她被强奸了，之后她就离开了修道院。"

乔爷爷困惑地笑着说了一些奇怪的事，我当然明白，而他，作为讲述人，却不懂。乳臭未干的小毛孩儿。

这时，我们看到钉在树上的另一则广告：

G ෴ WANTED！

我不想再问是什么意思，只是把它撕下来放进口袋里。

回到公寓，我从口袋里掏出来，尝试拼写：෴是眼睛

（EYES），G+EYES 谐音是"GUYS"，意味着他们正在找男孩儿。没有人在家，姑姑不在、乔爷爷也不在，我拨通了广告上的号码，一个低沉好听的声音接起了电话。我无法分辨是男还是女，直到对方说：

"我是奥森希娅。你是谁？"

"我是来应召广告的。"我回答。

电话那头传来一阵笑声，然后：

"你和我说话的时候不要自慰！"

像是被蒸汽烫了一样，我抽出习惯放在口袋里的手。对方再次笑了起来。

"你怎么知道？"我勉强问道。

"你这个小傻瓜，你自己猜猜，我是怎么知道的？我可以透过窗户看到你！过来我们试试达成个协议，就像我在广告里写的那样，我需要你。"

"为什么？"我胆怯地回答道。

"别担心，我不会吃了你的。我需要一个假萨满来完成一项慈善使命。"

"什么是萨满？"

"有点像印第安巫医。明天下午六点过来。"

"咔嗒"一声电话挂断。没了。

当然，第二天下午我出发去找奥森希娅时，什么也没跟乔爷爷或姑姑说。我很容易就找到她，因为她又播放了同一首歌。她住在一个巨大的空房间里，里面只有一个大箱子、一把椅子，还有一张由两种颜色绳索编织成的吊床，吊在天花板上。她房间的门槛会说各种词语,当我走进去时它说:"平坦!"

尽管是白天,大箱子上点着一根蜡烛。墙上挂着一件彩色长袍,是安第斯山脉的神父穿的那种样式,旁边配有一顶同款式的橙色帽子。奥森希娅坐在吊床上,用吸管喝着葫芦里的茶。她示意我坐在箱子上,安静等待歌曲结束。

她有硅胶填充的嘴唇,像黑草一样看不出年龄的直发,头上戴着一顶男人的帽子,一只脚趾上套着戒指。她用自己纤细而极美的眼睛似乎要看穿我。她斗篷下的乳房像是男人的,腰部裸露,露出染成红色的肚脐。她身上散发着白茶的香气。她似乎永远都坐在这里,只活在她玻璃般的下午,其他时间从不露面,仿佛只生活在她必须在场的那一段时间里。

歌曲一结束,她就关掉了播放设备并转向我,用一口难以形容、精准有力的唾沫吹灭了放在我面前的蜡烛。

"你看到了吗?"

"什么?"

"你也需要学习的东西。记住,首先,要让嘴里有足够多的唾液,然后经过一些练习,你也可以远距离喷出唾沫,并且直接命中。"

"这个有什么用呢?"我问。

"用处是让你来帮助我。"

"我能得到什么回报?"

"你不会拿到钱,但如果你有什么麻烦或者难处,我可以帮你,那就是给你的报酬。你可以走了,在学会一口唾沫击中钥匙孔之前,别再出现,明白了吗?"

我回家了,虽然姑姑的小公寓勉强能称为家。我开始练习,非常认真地练习。我把一个啤酒罐插在树林里的一棵树上,瞄准它的开口处。一周后,我再次去找奥森希娅,用一记精准的唾沫熄灭了她箱子上那支为等我而点燃的蜡烛。

"这是一个好的开始。"奥森希娅说,让我坐在吊床旁边挨着她。

"很好,"她继续说,"现在我必须告诉你一个对我们的工作非常重要的故事。在利马的山上,住着一位欧塞维奥先生,他是个巫医。他穿着你在这里的墙上看到的那种长袍,戴着那种帽子。每逢星期四,他会坐在'巫师集市'的一个木桶上,我们这些不同年龄的女孩儿,五到十三岁不等,都会来这里向他展示一些东西。我们一个接一个地站着,当轮到的时候,我们解开扣子,掀起斗篷,给他看我们的乳房。他会检查它们,摸一摸,捏捏乳头。如果他满意,就会说'很好!',或者是'非常、非常好!',也会说'还会更好的,它们正在发育,别担心!',然后给我们每人一枚硬币。但是,他会对少数几个人说'一点都不好!你没有尽力!',然后什么也不给她们。

"一些富裕的父母发现他们的女儿每周四都去哪里后,企图阻止这种情况发生。他们给孩子们钱,叫她们别去。之后欧塞维奥先生不再给我们硬币。但我们还是去找他,并且把我们从父母那里拿到的钱给他。

"如今我明白了,在对每个女人来说都如此重要的事情上,哪怕是对那些身体发育最缓慢的女孩,他都有办法迫使她们发育，让她们长出即便不是那么令人羡慕的乳房，至少也要有像黑莓一样的乳头。我会把你当成助手，来扮演这个堂·欧塞维奥先生的角色，因为这里的女孩们也非常缺乏可以帮助她们成长和发育的人。我会教你他所做的一切。去拿那把剪刀，剪下我的一些头发，它本该越长越好。现在，暂时忘却你自己，对于摆在你面前要做的事情来说，你自己不再重要，重要的是你将要帮助发育的那些女孩儿。"

奥森希娅脱掉她的斗篷，我看到她平坦的乳房，但硕大的乳头像拇指一样从胸前伸出来。乳头像两节椎骨，顶部呈圆形且较大，底部收窄类似脖颈。她的两个"蘑菇"乳房是深紫色的，顶端像覆盆子。奥森希娅告诉我用剪下的头发做两个套索，然后套在她的乳头上。

我这样做的时候，她叫我要扎紧，但小心点儿别伤到她。然后她穿上斗篷，当天就结束了。她送我走到门口时没说太多，只叫我明天再来，然后开始播放她的歌。

那天夜里我没睡着，也没有对自己做什么。

下午终于到了，我去了奥森希娅那里。这次门槛说"好重！"，仿佛因为我踩上去而疼痛不已。奥森希娅站在地板上一个大盘子旁，盘子里装满了五颜六色的东西，从远处看就像糖果或巧克力。

"那是什么？"我问。

"是你。"

"是我？"

"是的。或者说，这些是你的善恶能量更为准确。这块石头代表你的明天，另外这块是你的渴望，你腿脚未来的疾病在这里，这是你的头。这块绿色的是你的男性生殖器，等等。"

"我不信。为什么一切都在这里，在你这儿？"

"也就是说，你不明白。好吧，让我用另外一种方式解释给你听。大自然中有许多种语言，几个世纪、几千年下来，人类逐渐忘记了它们，最终只剩下一种语言——他自己的语言，人的语言。在我这里，在我们的工作里，我们需要其中一些被遗忘的语言，因此这个盘子放在了这里。它上面的不同颜色代表了许多人们不再记得的语言，你也不记得。我不会解释它们是如何出现在我的盘子上的，你只要知道是我从安第斯山把它们带回来的就足够了。现在你去树林里，从一棵树上摘下两片叶子，把它们放进嘴里带回来。它们将会取代你出生之前就已经忘记的语言。"

当我带回来两片叶子，她说：

"这是用骨头做的，包裹在蓝色里，是你的嗅觉。它需要训练才能说出被遗忘的一种语言，才能感知一个女人或男人汗水中的恐惧。"

她把我用嘴带回来的叶子放到蓝色的包裹物上，再去找自己的葫芦，用吸管搅拌里面的东西，让我闻一闻。那东西闻起来又苦涩又刺鼻。

"记住这种气味。"

"那是什么？"

"这是'蓝色汗水'——恐惧的气味。当你感觉到它时，你就知道产生这种气味的人是非常害怕的，然后你才好相宜行事。"

然后她从我嘴里取出第二片叶子,把它放到盘子里的另一个包裹物上,说:

"这个粉红色的包是你的大脑,我们得稍微刺激它一下,它才能使用两种语言工作,而不是一种语言。但我指的不是英语和西班牙语,而是那些已经被遗忘的语言。你知道电脑鼠标是什么吗?"

"我知道。你可以点击它。"

"对,但你也可以双击。那才是你大脑的工作方式。"

奥森希娅把叶子放到第二个包裹物上。

"今天就到这里。别忘了星期四下午过来。"

* * *

星期四下午,我离开姑姑的公寓,锁上门,走到三米远的地方,转身用唾沫给钥匙孔来了一击。结果相当满意。树林中矗立着一个坚实的寂静立方体,每一个声音都静默悬浮其中,好像琥珀里的虫子。

当我正要进门,奥森希娅的门槛说:"等等!"

奥森希娅坐在吊床上,双腿悬挂在边缘。她全身赤裸,正在日光浴。她没有起身迎接我。我绕着吊床走了一圈,停在她的脚边。她的双腿微微分开,中间露出两条编得整整齐齐的辫子。我吓呆了,她用冰冷的语气说:

"天气太闷热了。潮湿,灼热。是从树林传来的。你不想脱掉那条厚裤子吗?"

"想。我一直想。它都粘在我身上了。"

"那就脱掉它!像这样,让我看看你……"

之后相当出乎意料的事情发生了。她闪电般地用一口唾沫击中我的下体,我呆呆地盯着她,仿佛被催眠。然后她说:

"好吧,让我们看看你有什么能耐!"

我猛地喷出一股唾液,直接打进她两条辫子间的钥匙孔中。奥森希娅拍了拍手,拉着我的手来到她身边,我们做起了爱。她没有离开吊床,我站着,透过其中一个网眼,进入她,与她的吊床一起摇晃。一切都结束后,她说:

"赶快穿好衣服,女孩们马上就到了。"

她把堂·欧塞维奥的彩色长袍盖在我的衣服外,又把帽子戴在我头上时,第一批的两个女孩走了进来。一个大约七岁,另一个是个黑人女孩,大约十岁。

我坐在箱子上,她们走上前,解开衬衫扣子。奥森希娅向我点点头,我开始扮演堂·欧塞维奥。那天我成了冒名顶替的萨满。每个女孩我都给了几分钱。

我接待了五位访客。一切都结束后,奥森希娅放起她的歌,躺在吊床上。

"现在你明白为什么了吧,在你扮演萨满角色之前,我们必须做爱,否则你会在不该兴奋的时候对不应该兴奋的人兴奋起来。巫医在检查女性乳房的时候不应该淫欲满满……"

一天的工作结束。临走时,我终于鼓起勇气问出困扰我很久的事情:

"奥森希娅,告诉我,为什么他们叫你'深喉'?"

她笑着回答:

"我不确定要不要告诉你为什么。我会考虑考虑,下周四再说。因为,如果我这样做了,你就不会像今天那样想和我做爱了。其他的你也别问了……"

下周四我进门时,奥森希娅不像上次那样赤身裸体躺在吊床上。她身着黑色蕾丝,坐在吊床上轻轻摇晃。她手一动叫我过去,解开我的裤子,然后做了一件我永远都不会忘记的事。她开始肆意吮吸我,同时继续轻轻地在她的吊床里摇摇晃晃。来来回回,前前后后,越来越深,直到我完全被淹没在她的深喉里。我很害怕,相当害怕。然后她开始尝试吞咽。越发甜蜜的几秒钟过去了,她吞了又吞,几分钟,几小时,几周,吞了整个秋天和整个冬天。一年过去了,一切结束了。现在的我变成了另一个人,第三个人,一个自己都感到陌生的人。

就这样,我明白了奥森希娅为什么有这样一个昵称。

那天我只接待了两个女孩来访。当然,我穿着萨满长袍和帽子。其中一位访客只是稍微比我年轻,但她没有乳房。我立刻从她的皮肤上闻到了恐惧的味道,刺鼻且苦涩的"蓝色汗水"。她很害怕。我抚摸着她,剪下一小缕她的头发,在她的每个乳头上打了一个套索。它们立刻变红,有点肿胀。

"好了,它们会随着时间的推移长大。"我安慰了那个女孩,她离开时带着点疑惑,担心,但或许也感到高兴。

准备离开前,我在奥森希娅的唇上吻了一下,然后离开。在门口,我转身对她说:

"谢谢。你是个魔法师。"

"对,我是。"她嘴角露出某种明天的微笑回答,开始播放她的歌。

*　　　　*　　　　*

又是一个潮湿的下午,我独自坐在门廊前的台阶上,等乔爷爷放学,等着姑姑下班回来。屋内空气沉闷,屋外,我的头顶上,冷杉和松树树尖之间,阵阵轻风如海浪般窃窃私语。突然,一个家伙拿着棒球棒出现,他四下里挥动那根球棒,把较粗的一端对着我,将它停在离我的牙齿咫尺之遥的地方。然后他再次挥动球棒,这回贴着我脖子停下。他把我推进公寓。从外表上看,他比我小,皮肤黝黑,指甲颜色浅如杏仁。

他体型巨大,有双洞穿他人的眼睛,我血管里的血都凝固了。

"桌子上的碗里有十美元,是给像你这样的人准备的,拿走快跑,我表弟马上从城里回来了。"我告诉他,试着挪动身体,这样他如果想面对我站着,就得稍微背对窗户。

"别惹我,"他回答,"把你家里所有东西都交出来,否则我会像拧断鸡脖子那样拧断你脖子。"

我赶紧开动脑筋,开始收集嘴里的唾液,祈求上帝让负鼠跳上窗口,它经常在这个时候出现的。

"我不知道他们把钱放在哪里,我是从欧洲来的,只是他们的客人。看,我几乎不会说这里的英语。等等,我表弟就回来了,他会告诉你钱在哪里。"

"别开玩笑,我不怕你,也不怕你表弟。"

"那你就等他,天气这么热,我们喝点可口可乐吧……"

不等他同意,我从冰箱里拿出一瓶递给他。

他眼中闪过一丝惊讶之色。

他左手抓起瓶子,喝了一大口,但几乎同时又用球棒砸碎了桌上的玻璃杯。碎片飞向四面八方,他扔下瓶子,朝我走来。

他的眼中再次闪过一种既天真又嗜血的东西。这时电话响了。

"我接不接电话?"我问他。他一头雾水,嘶嘶说道:

"是谁?"

就在那时,我感觉到他在出汗,我闻到了那股刺鼻又苦涩的恐惧气味,"蓝色汗水"。它给了我勇气。

"我想应该是我女朋友。"

"你有女朋友?"

"是的。"

"什么样的?"

"我们等我表弟回来,我告诉你关于她的一切。"

我一边说一边继续在嘴里积累唾液,慢慢让入侵者移动到越来越背对窗户的地方。

"我女朋友以前是修女。在安第斯山脉的某个地方,在南美洲。她是个处女。有一次她正穿过树林,一个男人从灌木丛中跳出来,强奸了她。一切结束后,他问她:

231

"'回修道院后你会怎么说?'

"'我是修女,我必须说实话。所以我会说出真实发生的一切,我正走在树林里,一个男人从灌木丛里跳出来,强奸了我七次……'

"'你说七次是什么意思?'年轻男人很生气,'我只搞了你一次。'

"'为什么,你赶时间吗?'修女问道。"

年轻的黑人笑了,透过窗户我看到了一只负鼠。我的大脑必须双击运转,我得继续讲故事,等负鼠跳到窗户上。这个笑话结束得太快了,我一边收集唾液一边继续讲:

"在修道院里,修女向女院长哭诉了一切,并问她是否有办法在经历了所有这些恐怖后,还能变得像以前一样纯洁无瑕。

"'这很难,但有个办法可以缓和这种情况……拿七个柠檬,把汁液挤进玻璃杯里喝掉。'

"'这样会还我的童贞吗?'修女问女院长。

"'不会,但它会抹去你脸上那恶心的幸福表情……'"

就在这时,负鼠跳上窗户,它的身体遮住了房间,黑人男孩一瞬间傻了,还没等他明白发生了什么,我一口唾沫吐在他的眼睛上。

"我有艾滋病!"我从他旁边冲出公寓,大声喊道,跑到康涅狄格大道上。

当然,我在撒谎。但他不可能知道这一点。

因为那时我也不知道自己是否患有艾滋病。

小说选或当代世界故事集

鲍里斯·G
（保加利亚）

保加利亚画家鲍里斯·G一九五〇年出生于鲁塞。他用首字母签自己的画，所以他的姓氏一直没有确定。他因右手不幸受伤而停止了作画。他曾乘坐一辆运牛车穿过边境，逃到当时的南斯拉夫。有一段时间他住在贝尔格莱德。他在家乡时，从圣母修道院学校的修女们那里学会了说法语。二十一世纪初，他来到巴黎，在《公式评论》发表法语文章，有时候也发表在俄罗斯《外国文学》上。在保加利亚，他的作品由民族文化、德尔塔和蜂鸟出版社出版。由于其卓著的文学贡献，他在本世纪获得索非亚大学的荣誉博士称号。二〇〇四年他在贝桑松去世。

魔　鬼

"每天早上照镜子都吓坏了！"一天早上，从我父亲那里听到这些话，当时他以为没有人能听到。

我父亲是一个有很多只眼睛的人。我这么说，并不是指字面意思。有时他会告诉我一些难以理解的事情，比如，他既是我的父亲，也是我的祖父。他有时也会被其他人叫祖父，然而他并不是。当我询问原因，他们的回答同样令人费解：

"这就是对波格米勒人的称呼。"

"亲爱的上帝①?"

"不，波格米勒。"他们说，挥了挥手，什么也不再说。

父亲是多瑙河畔鲁塞一所中学的老师。但那并不是他唯一感兴趣的事情。他和母亲都是体育器械的热情表演者，甚至在两次世界大战之间的遥远岁月，他们漂亮的网球发带总是散落在房子里。父亲还是一位画家，一位雕塑家，在文法学校教授艺术和体育，时不时地组织学校戏剧演出。他的小提琴拉得极其优美，有时我们去电影院看默片，听他用小提琴给爱情场景伴奏。

我们住在小城郊外一条泥泞的街道上，一到夏天，街道就会积满泥尘。那里只有多瑙河是美丽的。街上总是有很多鹅，它们张开翅膀，鸣叫起来好像要起飞，也从来没有飞起来过。每天，这条街看起来也像一条什么也没有起飞的跑道。在一栋朝街有三面窗户的平房里，我的房间是其中最小的。一天晚上，父母再也不能忍受我在他们的卧室里，我只好搬进这个房间，里面每个角落都已被占据。不想对付邪灵的人，在盖房子的时候，一定会把里面的边角弄得要么是钝的，要么是锐的，任何情况下都绝不能是直角。恰恰相反，我房间的角落净是直角，所以邪灵喜欢它们。

---

① 在塞尔维亚语中，"波格米勒"（Bogomils）被称为 Bogu mili，与其他斯拉夫语言一样，字面意思是"亲爱的上帝"。——译者注

其中一个角落（有点潮湿），它的上半部分藏着一个女巫。白天是看不见她的，夜里她一出现，我马上就能感觉到，我会爬到枕头底下，到了早上，枕头就会被雪覆盖，因为即使在冬天窗户也一直开着。如果是夏天，我的床里里外外就会长满鹅毛。

德古拉统治着另一个角落。他来自多瑙河对岸的罗马尼亚，我想应该是从久尔久镇，从河岸这一边可以清楚看到的地方。我知道他的存在，因为那个角落里的阴影总是尖锐得可怕，很像他把受害者钉起来的木桩。有时候他会笑，但只有我的狗能听到他的笑声，然后它会呜嚎着爬到我的床底下。当它还是小狗的时候，它总是安安稳稳地睡在那里。但有一天早上它突然开始可怕地嚎叫，剧烈挣扎，我不得不赶紧搞清楚是怎么回事。它已经长大了，遇到不得不躲起来的时候，它仍然会设法挤进床底下自己的位置，但天亮了它想出来的时候，却再也出不来，被卡住了。我赶紧把床抬起来，把它放出去。我要是没这么做就好了。因为狗长大了，它哀嚎并不是因为在床底下被困住，而是因为听到了德古拉。

第三个角落没有人，第四个角落要每逢周四才有栖息者占据。到了那天，一只黑色生物会从这个角落里用鼻声"喵"出一首奇怪的歌，类似塞尔维亚的什么歌曲。

在这种情况下，我会爬起来连夜逃到爸妈床上去。但那里也不是绝对安全。他们卧室最大的那一面墙上有一个巨大的黑色衣柜。我怀疑那衣柜里充满了我所有的恐惧。衣柜总是锁着，父亲在白天也不让我偷看。

"为什么我不能打开看看里面是什么?"有一次我鼓起勇气问他。

"因为里面有一个魔鬼。"

"魔鬼?真的魔鬼?"

"一个真正的魔鬼,"父亲说,"他穿着一件内衬红色天鹅绒的斗篷,头上有角,手里拿着一根棍子。他来自罗多彼山脉。"

"他在衣柜里做什么?"

"他在等着有人放他出去,等着有人打开关紧的门,他就可以逃出来了。他一出来,就会把我们所有人都塞进一个袋子里,然后扔进多瑙河……"

* * *

有一天白天,爸妈在学校上课,我从花盆里挖出一把钥匙,偷偷溜到黑色柜子前,打开了它。里面一片漆黑,我好奇地开始在底部翻找。突然间我被吓得呆住了,衣柜里立着一个穿着红靴子的腿。我急忙锁上衣柜门,几个星期完全不敢去想衣柜的事。

但后来,西肯达尔一家带着小女儿从久尔久来了。她比我大一岁,姜黄色的发髻上别着漂亮的饰针,穿着有点儿脏的短裤。我想我在她面前炫耀来着,有天晚上只剩我俩时,我决定吹嘘一下。

"黑色衣柜里有魔鬼!"我说。

"呸!"她回答,"不存在魔鬼!"

"你想看吗?他来自罗多彼山脉。"

"想看。"

"你不怕吗?"

"我怕。"

"怕什么?"

"怕你,因为你幼稚无知,分不清什么是危险,什么不是。只知道横冲直撞。"

我从花盆里拿出钥匙,打开黑色衣柜。里面一片漆黑,但两条穿红色靴子的腿清晰可见。她咯咯地笑起来,摸了摸它们。那一瞬间腿好像颤动了一下回应她的触碰,仿佛是活的。她收回自己的手,然后我们都抬起头,在黑暗中寻找那双腿属于谁。在我们上方衣柜的黑暗里,站着一个魔鬼。他一动不动,用闪闪发亮的眼睛低头看着我们。渐渐地,我们辨认出他尖尖的胡须、头上的角,穿着内衬红色天鹅绒的黑色长斗篷。穿红靴子的腿是他的,腿上甚至还有一点点从罗多彼山脉带来的尘土。

西肯达尔小姐砰的一声关上了衣柜门,冲进卧室。她把我拖到床上,抓住了我的私处——从来没有一个女孩碰过我的私处。然后她爬到我的身下,有生以来我第一次进入一个女人的身体。那时的我完全没有经验,那是我的最初印象,我是死,她是生,我们在床上,生死结合。对我而言,我必须穿越一座满是垃圾、带刺的植物、陈旧玩意儿、泥土和灰尘的岛屿,到达岛的另一边清澈的水域……然后我们兴奋又害怕地躺着。一切都发生得如此之快,一件接一件。但接着出现了另一个更强的冲击:我们的父母回来了,这是我们必须处理的第三件事,假装一切正常。

"我什么时候才能长大,随心所欲想干谁就干谁?"她在我耳边嘶嘶低语,"我要干你衣柜里的魔鬼!那个穿红靴子的!来自罗多彼那个!"

"但为什么一定要等到长大呢?"

* * *

我不知道她到底是怎么想的,第二年夏天,西肯达尔一家再次来访时,她已经是一个穿黄色高跟鞋的年轻女士了。她闻起来不像你在花园里能闻到的气息,穿着一件显露出可爱脖颈的衬衣,牙齿在阳光下像水一样闪闪发光。她的声音完全变了,我们一独处,她就叫我去找她。我以为她想和上次一样把我拽上床,但这事儿再也没发生。她径直走向黑色衣柜,从花盆里挖出钥匙,取下巨大柜体的锁,小声对我说:

"看,现在我要和你的魔鬼做爱!"

她打开柜门时没有一丝恐惧。红色靴子一如既往站在那里,里面是长着角和拿着棍子的魔鬼,穿着内衬红色天鹅绒的黑色长斗篷。他用那双一动不动的俊美眼睛直盯着西肯达尔小姐。她摸了摸他的靴子,像一年前一样,靴子立刻开始舞动,而且好不容易才平静下来。令我惊恐的是,她抓住了魔鬼的下体。她没有放手,也钻进衣柜里,爬到他的斗篷下,砰的一声关上了门。

她正在和魔鬼做爱。我清楚地听到她的声音。

她出来时,我想和上次一样拉着她去床上,但她挣脱了,轻蔑地对我说:

"我不和小孩子做爱!"

*　　　*　　　*

四年后,父亲、母亲和我,打扮得像集市上的糖果鸟一样,把一匹马拴上马车,父亲用鞭子抽打马,我们乘渡船前往久尔久。我们去那里是为我向西肯达尔小姐求婚,她二话没说就同意了。她比以往任何时候都更加美丽,偶尔趁没人注意时她会在桌子底下抓住我的生殖器。关于她,还有一件事需要说明。在我之前,她没有跟任何人结过婚,但有一个孩子。因此她给我们的婚姻带来了一个漂亮的两岁女孩儿。有时,女孩儿用那奇怪的眼睛一动不动地看着我,那双眼睛让我想起某个人,但想不起来到底是谁。

成为夫妻后,我们仍住在罗马尼亚的久尔久。我父母去世后,我们立即搬回保加利亚鲁塞,我家的小屋。刚开始的某一天,在妻子的咯咯笑声中,我们打开了黑色衣柜,在里面找到魔鬼,把他拖了出来。阳光下的他看起来可怜兮兮,角被折断,长满了蛀虫,斗篷内衬曾经的深红色被虫蛀得变成了砖红色,红色的靴子已经失去了原有的形状,现在看着就像两条晒干的咸鱼。他也变得比我还矮……她又像之前那样,抓住他的男性雄风，但那里啥也没有。魔鬼雄风不再。

整个玩意儿原来是我父亲以前用电线做成的木偶戏里的撒旦……

如今我有点遗憾魔鬼已经不在了。尽管，有时候，当小女孩穿上她的红靴子，用一动不动的目光看着我，我想：就算山羊说谎，它的角也不会。这孩子难道不是衣柜的女儿吗？

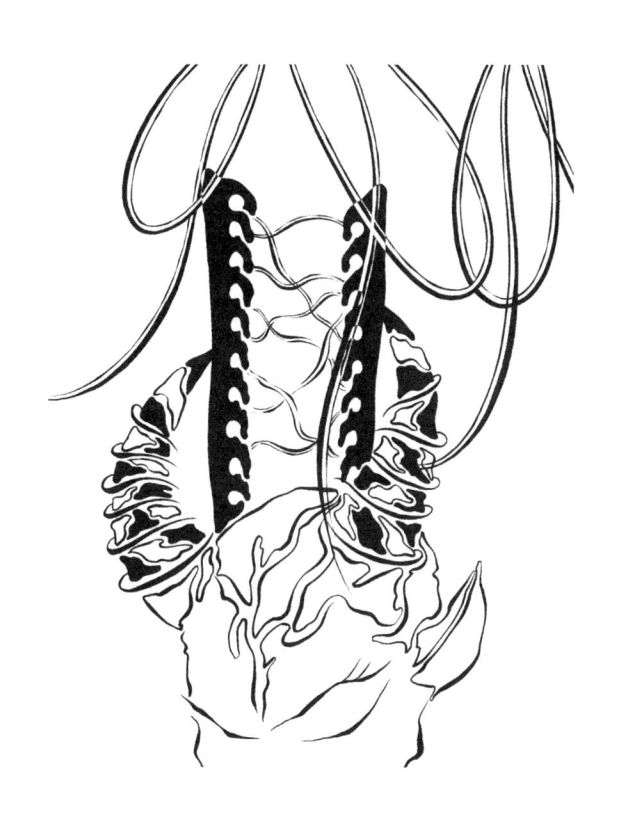

Milorad Pavic
POZORIŠTE OD HARTIJE. ROMAN ANTOLOGIJA ILI SAVREMENA SVETSKA PRIČA
Copyright © 2001 Milorad Pavic；
Copyright © 2011 Jasmina Mihajlovic；www. khazars. com @ miloradpavicofficial
Simplified Chinese edition copyright © Shanghai Translation Publishing House
This edition is published by arrangement with Tempi Irregolari, Italy.
All rights reserved.

图字：09-2019-289 号

图书在版编目（CIP）数据

纸剧院／（塞尔）米洛拉德·帕维奇
(Milorad Pavic)著；管舒宁，陈寂译. -- 上海：上
海译文出版社，2025. 4. -- ISBN 978-7-5327-9785-1

Ⅰ.I543.45

中国国家版本馆 CIP 数据核字第 202562TW69 号

纸剧院

[塞尔维亚]米洛拉德·帕维奇　著　管舒宁　陈寂　译
责任编辑／徐珏　　装帧设计／柴昊洲
封面、内文插画／冯雪

上海译文出版社有限公司出版、发行
网址：www. yiwen. com. cn
201101　上海市闵行区号景路 159 弄 B 座
上海盛通时代印刷有限公司印刷

开本 889×1194　1／32　印张 7.75　插页 5　字数 102,000
2025 年 4 月第 1 版　2025 年 4 月第 1 次印刷
印数：0,001—5,000 册

ISBN 978-7-5327-9785-1
定价：88.00 元

本书中文简体字专有出版权归本社独家所有，未经本社同意不得转载、摘编或复制
如有质量问题，请与承印厂质量科联系。T：021-37910000